JN097258

ウサギのオメガと英国紳士
～秘密の赤ちゃん籠の中～

Aya Yuzuki
弓月あや

CB
CHARADE BUNKO

Illustration

篁ふみ

CONTENTS

ウサギのオメガと英国紳士〜秘密の赤ちゃん籠の中〜

prologue

子供の頃、母親に言われた言葉がよみがえる。

「あなたはオメガとして生まれたから、いつかアルファと巡り合うの。出会った瞬間に、絶対にわかるわ。その人があなたの、つがいだということが」

身体（からだ）が弱かった母は、いつもベッドの中で、静かな声で話す。凛久（りく）は母の膝に頬を擂（す）り寄せて、その声を子守歌のようにして聞いていた。

遠い異国の物語のような、きらきら、きらめく世界の中で。

□□□

「ウサギが向こうに逃げたぞ、追え！」

英国（イギリス）。倫敦（ロンドン）の郊外に建つパブリックスクール、テイラー校。

裕福な家庭の子弟が集う学び舎（まなびや）の中でも、もっとも名門校と名高い学院。

未来の紳士たちが学ぶこの名門校の中で行われているのは、ウサギ狩り。ただし、この場合は狩られるのは兎ではない。オメガ性の下級生だ。

真っ黒な髪と瞳を持つ来栖凛久も、ほかの子たちと一緒に学校の中を逃げ回った。

秋に日本から来てテイラー校に編入し、まだ数週間しか経っていないとか、身体が小さくて子供みたいだということは、この鬼ごっこの免罪符にはならない。

追われる三人の下級生は全員がオメガ。これが狩られる理由だ。

テイラー校の制服である黒の燕尾服にファルスカラー。それにベストと、ピンストライプのズボン。着慣れていないから窮屈で動きにくく、童顔の凛久には似合わない。

大人びた格好の、少女のように可憐な男の子は、目に涙を浮かべていた。

（どうしよう、どうしよう。どこに逃げたらいいのかも、わからない……！）

まだ言葉も片言。校舎の配置も敷地の構造も、まったく把握していない。凛久には不利で、あまりに過酷なウサギ狩りだった。

狩られたら最後、なんでも上級生の言うことを聞かなくてはならない。

言うなれば奴隷だ。

このゲームで捕まった下級生はウサギと呼ばれて、長きにわたり上級生たちの下僕として使われる、理不尽なゲームだった。

（ウサギって、ぼくたちオメガがウサギなんて。ひどい）

英国に来て数週間の凛久にとって、こんな騒ぎに巻き込まれるのは予想外だった。

（もう日本に帰りたい……っ）

「おいっ、こっちにウサギが隠れているぞ！」

とつぜんの大声に、潜んでいた凛久の身体が竦む。

見つかった。見つかったのだ。

もう身動きすることも叶わず縮こまっていると、自分がいる場所とは違う方向から、大きな歓声と悲鳴が上がった。誰か別の下級生が捕まったのだ。

ゲラゲラと笑う上級生たちの声。惨酷な遊戯は、始まったばかり。

（落ち着こう。落ち着かなくちゃ。命が取られるわけじゃないんだから）

自分にそう言い聞かせても、心臓のドキドキはおさまらない。ただのゲームだというのに、どうしてここまで恐怖心をあおられるのか。

物陰からそっと見ると、何人もの上級生が、下級生のオメガを囲んでいる。捕まった子は、ウサギと認定されてしまった。

暴力を振るわれるわけではない。ましてや殺されるわけでもない。それでも追われて狩られるのは、言いようのない恐怖だ。もう、緊張感に耐えられなかった。

（もうやだ。もうやだ……っ。帰りたい。日本に帰りたい）

でも、帰っても凛久を迎え入れてくれる人はいない。

凛久は幼い頃に母を亡くしている。兄弟もいない。親しい友人もいなかった。父の命令で、遥か異国へ向かわされた。日本に逃げ帰っても、誰にも必要とされていない。自分は、誰にも愛されていないからだ。

（お父さんは、ぼくが嫌い。だから外国の学校へ放り込んだ。ひどい。ひどい……っ）

膝を抱えて座り込んでいると、涙が滲んでくる。グズグズしている場合じゃない。早く逃げなくてはならないと、わかっているのに。

「きみ」

ふいに優しい声に呼ばれて、泣き濡れた瞳を瞬く。

すると、目の前に見事な金髪と金色の瞳を持つ青年が立っていた。下級生は赤いタイ。まっ黒なタイの色から、上級生だとわかる。

（きれい……）

長身に、長い手足。整った容姿は、彫刻のように美しい。

（凛久の王子さまは、どんな人かしら。とても美しい、立派なアルファの王子さまね）

母の言葉がよみがえる。夢見がちだった彼女は、自分もアルファの王子さまに見初められたと何度も言っていた。その王子さまとは、凛久の父のことだ。

目の前に立つ人と父は、同じ気配がある。強いて言うなればオーラの色だ。

おぼつかない英語で、凛久はオドオドと訊ねた。

「あの、……あなたは、アルファですか」

「そうだよ。初めまして。きみはウサギ候補のオメガだね」

ウサギと言い当てられてしまい、警戒心が顔に浮かんだ。それを朗らかに笑われた。

「怖がらなくていいよ。こんなに泣いて、かわいそうに」

彼はそう言って、凛久の頬に流れる涙を拭ってくれる。

「大きな瞳をしている。こぼれ落ちてしまいそうだ」

「こぼれ落ちるって、目が？」

「そう、目が。こうやって手を添えていないと、落ちてどこかに転がってしまいそうだ」

彼はご丁寧に自らの手の平を、凛久の顎の下に添えた。転がり落ちる目を受け止めるかのように。凛久は呆気に取られたあとブンブン頭を振った。

「落ちません。ほかの人は知らないけど、ぼくの目は落ちたりしません。絶対です」

生真面目に言い返したのがおかしかったのか、プッと笑われてしまった。

「ははは、おもしろい子だね。私はジェラルド。きみ、名前は？」

「り、凛久。来栖凛久です」

「凛久。きみ、もしかして……。幼すぎて、まだわからないか」

何かに気づいたように囁かれて、ドキッとした。すると、金色の目と目が合う。

「ねぇ凛久。私のウサギになりなさい」

「あなたのウサギ？」

そこまで話をした時、とつぜん大きな声が響く。

「おいっ、お前、下級生だな！」

二人組の少年たちは、凛久を指さしながら走ってきた。

「ウサギを見つけたぞ！　やった、これで召使い獲得だ！」

凛久がビクッとして震えると、ジェラルドが二人の前に立つ。

「大きな声だね。騒がしいし下品だ」

彼は対照的に声を荒らげることなく、静かに話す。とても落ち着いた声音だった。

「テイラー校の一員として、紳士として、恥ずべきことだよ」

驚いたことに、こんな場面で紳士道を説き始めた。凛久も目をパチクリさせたが、言われた少年たちも面食らったようだ。

「うるさいな、お前に関係ないだろう。グズグズ言うな」

言い返す少年の脇から、もうひとりの少年が制止する。

「おい、やめろ。相手が悪すぎる」

「なんだって？　お前は黙っていろ」

「よく見ろ。彼は最上級生の、ジェラルド・グロウナー。アルファだ！」

その一言にけんか腰だった少年は、いきなり踵(かかと)を揃(そろ)えて頭を下げた。

「失礼しました、ミスター！」

テイラー校では、しきたりで最上級生をミスターと呼ぶ。凛久は初めて最上級生と話をしたので、そんな作法は初めて対面した。

（生徒同士なのに、本当にミスターって呼ぶんだ……）

そんなことを考えている凛久をよそに、三人は話を続けている。

「ミスターのご友人とは知らず、たいへん失礼しました。我々は、ここで失礼します」

「本日はお話しできて光栄でした、ミスター！」

二人は挨拶をし、驚いたことに凛久にまで会釈をする。

「無礼を許してください。それでは」

そう言って二人は裏庭へと消えてしまった。凛久は、ただ呆気に取られるばかりだ。

「驚いた？」

優しい声に問われて、無言でコクコクと頷く。

「まぁ今の彼らは極端だけど、これがテイラー校。これがパブリックスクールというものだ。ちょっとした豆知識にどうぞ」

「上級生は絶対だって、寮のルームメイトに聞いていましたけど、本当なんですね」

ジェラルドはちょっと肩を竦めて説明してくれた。

「この学院では、最上級生が決定権を持つことが多い。例えばウサギ狩り。ウサギを狩った生徒は、そのウサギの所有者になれる。だけど、最上級生が所望すれば、そのウサギは渡さなくてはならないとかね」

「じゃあウサギは、いつまで経ってもウサギで、下働きをする決まりなんですね」

「いや。特定のアルファに仕えるウサギになれば、下働きなんか免除だ。不特定多数の輩から、召使扱いされない。何より私のウサギなら、学院の中で恩恵が受けられる」

「恩恵って、どうしてですか」

不思議そうに首を傾げると、ジェラルドはおかしそうに微笑んだ。

「私はジェラルド・グロウナー。最上級生だ。父は、このテイラー校の理事長を務めているローシアン侯。この肩書に、さっきの彼らは敬礼してくれたのさ」

それであの二人は、露骨なほど態度を変えたのだ。

「虎の威を借る狐だよ。でも私のウサギになれば、この肩書は少なからず、きみを守る。いいかい、今日から凛久は私のウサギだ」

「ぼくは、やっぱりウサギ扱いなんですか」

今ひとつ理解できず呟くと「そうだよ」と、あっさりした答えだ。

「この学院の中で弱いオメガは、ウサギとして強いアルファに服従し従属する。そして守られて、幸福な生活を送る。もしくは特定のアルファに仕えないウサギは、みんなの公認のウサギとして召使い扱いされるのが、長年のしきたりだ」

「ウサギになれないオメガが生き残る術は、学術、スポーツ、芸術において抜きんでて優秀な成績を残すこと。きみ、どれかに自信がある？」

凛久が慌てて「いいえ」と答えると、ジェラルドはおかしそうにまた笑う。

「要するに私のウサギだと公言すれば、こき使われずに済むってことだ」

優しい声に、首を傾げる。初対面の自分を、なぜ気遣ってくれるのだろう。

「納得いかないって顔だ」

「……どうして、そんなに優しくしてくれるんですか」

「どうしてって、どうして？」

「だって今日、初めて会ったのに」

そう言うとジェラルドは困ったように肩を竦めた。

「そうだな、まずウサギ狩りという遊びが嫌いで、理不尽な苛めを嫌悪していること。それにね、私ときみが出会ったのは偶然ではない。私たちは、つがいだよ」

「つがい？」

「そう。一目でわかった。きみは私の、つがいだと」

初めて聞く言葉じゃない。

これは、いつだったか母に言われたことがあったからだ。

『あなたはオメガとして生まれたから、いつかアルファと巡り合うの』

優しい声で語られた甘い香りの、おとぎ話。

「よろしく凛久。私のかわいい、小さなウサギ」

囁かれる言葉は、夢の世界に誘う魔法みたいだ。凛久は少し怯えながら、小さな声で挨拶を返した。

「よろしくお願いします。……ミスター」

とたんに笑われてしまったので、かかなくていい恥をかいてしまった。

「ジェラルドでいい。私も凛久と呼ぶよ。いいだろう？　きみは私のウサギなんだから」

そう言われて頷いた。

彼の笑顔はとても華やかで、見ていると幸せな気持ちになってくる。

ジェラルドは本当に、自分のつがいなのだろうか。

『出会った瞬間に、絶対にわかるわ。あなたの、つがいだということが』

またしても、母の声がよみがえる。

言いようのない胸の高鳴り。凛久は幼すぎてオメガとして覚醒できていなかったが、ジェラルドは、ふつうの人じゃない。

熱に浮かされたように、目の前に立つ人を見つめる。

星の巡りが、凛久とジェラルドを捉えたことを、まだ誰も知らなかった。

1

国内外の令息が集うテイラー校は、英国屈指の名門パブリックスクール。凛久はこの学校へ編入してきたばかりだった。

凛久の意思ではない。父親の意向だ。父は学生時代、この学び舎で学んでいたからだ。どんな無茶な命令でも、逆らうことは許されなかった。父はとても優秀なアルファで、オメガの凛久にとっては畏怖すべき存在だからだ。

廊下を歩いていたら、前方からジェラルドが歩いてくる。凛久は足を止め、上級生が通り過ぎるまで身動きできない校則通りの動きをする。

「凛久、授業が終わったら私のところへ来なさい」

そんな時にジェラルドから声をかけられた。顔は動かさず目だけで彼を追うと、彼は何事もなかったかのように、通り過ぎていく。

凛久は嬉しくて小声で「はい」と答え、そっと微笑んだ。こんな何気ない一コマさえ、学院の中ではセンセーショナルな出来事だった。

「凛久は本当に、ジェラルドのウサギなんだ」

「どうやって上級生に目をかけてもらえたのかな。しかも、あのジェラルドに」

「あのオメガ、日本人のくせに、うまいこと最上級生に取り入ったな」

あちこちから聞こえる妬みと嫉み、やっかみの声。確かにジェラルは最上級生だが、それだけではない。彼は特別な存在だ。

ジェラルド・グロウナー。グロウナーとは英国でも屈指の名門、ローシアン侯爵家の家名だ。そしてテイラー校の複数いる理事の中で、侯は筆頭として数えられている。

ひそひそと交わされる噂話は聞こえていたけれど、凛久はあえて耳を貸さなかった。

ジェラルドは、ウサギ狩りに怯えていた自分を救ってくれた恩人以外の何ものでもない。

そして、誰よりも優しくしてくれる。それだけで十分だった。

人口の一割から二割と言われている、希少で能力も高く眉目秀麗な最上位がアルファ。

大多数を占めるのが、平凡な容姿と能力で数が多い、一般人のベータ。

そしてアルファよりも圧倒的に希少でありながら、蔑まれているのがオメガ。

発情期になると相手かまわず誘惑し、男女ともに妊娠することができる第三の性。

オメガは最下層と侮蔑され、彼らの出産はオメガバースと揶揄されていた。

そしてオメガが卑しいと言われる最大の理由は、ヒートと呼ばれる発情期だ。

ほぼ一週間も、繁殖するための行為に耽る。

ふだん慎ましやかな性格の持ち主でも、人が変わったように貪婪になる。その変わりようはオメガ自身にとっても驚異だった。

この性差に人生を左右されて、狂わされた人間も多い。

だからオメガたちは支給される抑制剤を、絶対に服用しなくてはならなかった。そうしなければ、ところかまわず発情の波が来てしまう。

まだ幼いためにヒートを体験していない凜久にしてみれば、恐怖でしかない。

つがいがいない場合、フェロモンを垂れ流すだけの生き物になり、パートナーがいないアルファやベータを誘惑する。

つがいが成立することにより、ようやくフェロモンを放出しなくなる有様だ。

オメガは厄介者と認識されているが、差別は法で禁じられていた。だが人間は禁じられれば禁じられるほど、禁忌を犯したくなる生き物だ。

オメガへの苛めは絶えることはなかった。

(ぼくの父はアルファで母はオメガ。お父さんは厄介なオメガと、どうして結婚しようなんて考えたのかな。……本当にお母さんを愛していたのかな)

考えても仕方がないことを、鬱々と考え続ける。両親が愛し合っていたのか、それさえも信じられない。

凜久にとって、父親は触れてはいけない。母は、もういない。親の不在は、小さな子供を淋しくさせるばかりだ。

凛久の心は、いつも不安に揺れてばかりだった。

□□□

授業が終わると一目散で寮に戻って制服を脱ぎ、シャツとズボンといったふつうの服に着替える。制服で一日を過ごす生徒も多いが、ジェラルドは殊の外これを嫌がった。

制服を着続けるなんて、不潔極まりないというのが理由だ。

ジェラルドは清潔を好む。だから凛久にも徹底させた。制服は校内にいる時に着るもので、それ以外に着用するものではないと。

授業で使ったノートを持って、寮の階段を駆け上がり、四階の彼の部屋を目指した。

お目当ての部屋の扉前に立つと、髪を撫でつけ服を整える。

大切な人に逢うのだ。きれいにしていたい。

トントトン。軽くノックをすると、「どうぞ」と言われる。ジェラルドの声だ。

失礼しますと言ってドアを開けると、そこには着替えを終えて優雅にくつろぐ、ジェラルドの姿があった。

「やぁ凛久。ずいぶん早く来られたね」

「はい。ジェラルドに会いたかったから」

　上級生は本来は二人部屋であるが、同室のイアンは体調を崩して、自宅に戻ってしまっている。だから、この部屋はジェラルドが好きに使えていた。

「汗をかいている。階段を駆け上がってきたんだな。悪い子だ」

「あ、ごめんなさい。気をつけます」

　凛久が素直に謝ると、そっと髪にキスをされた。

「よろしい。テイラー校の生徒として紳士たるべく、ふさわしい行動をしなくてはね」

　彼は、いつも凛久の髪に触れたがる。つやつやの黒髪が素敵だという理由だ。

「本当に、きれいだ。どうしてこんなに美しい色なんだろう」

「美しい？」

「日本人は美しいよ。憧れてしまうな」

　キョトンとして、すぐに首を横に振る。この綺麗な人は、何を言っているのだろう。

「日本人は西洋人に比べて背も低いし、均整が取れていません」

「きみは、おバカさんだ。美しい肌と黒髪。オリエンタルな顔立ち。どれもが西洋人にとっては手に入らない、永遠の憧れだと知らないの？」

「ジェラルドと比べたら、そりゃあバカです」

　手放しの賛辞に頬を赤くすると、ジェラルドは目元を細めた。

頭脳明晰な彼は、勉強はもちろん、インテリで知識が豊富だ。美術に関しては、そこらの教師など足元にも及ばないと噂されている。

本人は、子供の頃から家にあった美術品に親しんでいたからだと、事もなげに言う。

そんな些細なことでも、ぜんぜん自分とは違う。学院を卒業したら世界に名だたる名門大学への進学も決まっていた。

（ぼくなんかと、比べ物にならないぐらいスゴイんだ）

彼がアルファだからではない。彼が彼であるから、すばらしいのだ。

「ジェラルドはいいな」

「いいって、何が？」

「背が高いし」

「……まぁ、きみよりかは高いね」

「それに瞳が宝石みたいな色で、鼻が高くて睫が長くて肌がすべすべで、いい匂いがして何もかもがキレイなんて、すごい」

思わず子供っぽくなった口調で言うと、また笑われた。今度は爆笑だ。

「なんて子供っぽい理由だ。いいのは私の容姿ばかりじゃないか」

「え？　だって、ほかにありますか」

首を傾げると、彼はちょっと溜息をつく。

「きみぐらい私のことを気にしないのも、めずらしい。大抵は侯爵家の財産や私有地、王室との縁について羨むものだよ」

「ぼく、貴族ってよくわからない。日本には、貴族がいないんです」

貴族制度のない日本に生まれ育った現代っ子ならではだ。天皇制はわかっても、華族は理解していないが、戦後に華族制度が廃止されたのだから致し方ない。

「別に貴族のことなんか、わからなくていい」

素っ気ない口調で言われて、ちょっと不思議に思う。

彼は未来の侯爵さまなのだ。

「前に海外ドラマで観たことがあるんですけど、現代でも貴族はお城に住んでいました。もしかして、ジェラルドのおうちって、お城ですか？」

突拍子もない質問に、ジェラルドはおかしそうな顔をしている。

「そうだね。ローシアン侯爵家の屋敷は、まだ歴史が浅い。建てられたのは十八世紀。それから増改築を重ねて、今も住居にしているよ」

十八世紀に建てられて歴史が浅いとは、何事だろう。

「三百年は十分に長いです。でも、本物のお城なの？」

「まぁ、お城だね。敷地内には森があり湖もある。門扉から車で正面玄関前に到着する。その前には噴水があるよ。温室は建物の裏にあって、そこから裏庭に……」

「も、も、もういい……」

「変な話だったかな。すまない」

「変な話じゃないけど、現実離れしすぎてて、ついていけない」

　凛久だって日本に帰れば社長令息で、都内の一等地に一軒家があり、家政婦が常駐している。いわゆる上流家庭だ。

（でもジェラルドの家と比べ物になるはずがないよ）

　自分が恵まれた家庭環境で生まれ育ったことは自覚しているが、門から家まで車で移動するなんて、スケールが違いすぎた。

「ジェラルドのおうちがお金持ちなのはわかりますけど。でも、ぼくとは関係ないから、どうでもいいです」

「どうでもいいか。そうだね。それより私はきみに、当家の薔薇を贈りたいな。毎日、一輪ずつ。百本になったら、私の想いを受け止めておくれ」

「面倒すぎます。ぼく、花に興味ないもの。だいいち百輪もの薔薇って、どこに置くの。どうせなら、食べられるものがいいな」

　この回答をジェラルドは、いたくお気に召したようだった。

「きみは、素敵だね」

「ふつうです」

からかっているとしか思えない賛辞に、プイッと答えた。

「それをふつうと言いきるのが、すばらしいことだよ」

「おうちに噴水とか温室って、よくわからないもの」

「どうってことはない。冬になると噴水が凍るから、スケートができるよ。それと温室は母の好きな薔薇の花が、つねに咲いている。薔薇の畑みたいになっていて、壮観だよ」

「それって、庭師さんとかがいるの？」

「庭師は数人が常駐しているが、薔薇の世話をしているのは主に私だ」

びっくりする答えに、目を見開いた。

「どうして庭師さんがいるのに、ジェラルドが花の世話をするの？」

「母が好きな花だったから、私がやりたかったんだ」

「薔薇の世話ってたいへんだって聞いたことがあるけど……」

「確かにたいへんだし寮に入ってしまってからは、庭師に預けている。彼らは温室だけでなく、敷地の中をすべて管理しているんだ」

「ジェラルドが咲かせた薔薇かぁ。じゃあ、お母さんも大喜びだね」

「いや。母は私が十四歳の時に、とつぜんの病で急死した。呆気（あっけ）なかったな」

ほんわかした話をしていたのに、いきなり話題が転換した。

凛久は痛ましそうに彼を見た。

「そうなの……」

「そんな顔をしないでおくれ。悲しませるつもりで言ったわけじゃない」

「ううん。ぼくもね、小さい頃に母が亡くなっているの。不自由のない生活をさせてもらっているけど、淋しい気持ちはわかるから」

そう言うとジェラルドはほんの少しだけ眉を寄せ、凛久に向かって両腕を広げる。

「凛久、私のウサギ。私のオメガ。抱きしめさせてくれないか」

そう囁かれて、胸が締めつけられる。これは憐憫の情だろうか。母のいない幼子たちが寄り添い、温もりを求めているようなものかもしれない。

でも、それでよかった。

ジェラルドが寒いのなら、温めてあげたい。

今まで寒かったね。もう大丈夫だよって言って、キスをしてギュッとしたかった。

彼は凛久を優しく抱きしめて「温かいね」と囁き、髪にキスをした。

「早く、きみの覚醒が来ないかな」

「覚醒……」

「そう。凛久が私のつがいとして目覚めてくれる日だ。覚醒したら、もう放さない。抱いて、抱いて、抱きつくしてしまうだろう」

「そんなの怖いです。ぼくは、ふつうのジェラルドがいい」

「怖くないよ。きみが私のものだという証明をするんだ」

その時、凛久は変な顔をしていたようだ。ジェラルドが顔を覗き込む。

「どうかしたの？　怖い顔をして」

「中庭でウサギ狩りがあって、ジェラルドと出会った。でも、万が一すれ違っていたら、あなたは別のつがいと出会っていたのかな」

その言葉に彼は、片方だけ眉を上げる。

「凛久は、何か不安なの？」

優しい声に思わず涙が出そうになる。どうして、心細い気持ちになるのか。

「……変わるのが、こわい」

思わず本音を吐露する。そうだ。自分が変わるのが、怖い。

「噛み痕を残すって聞いたことがあります」

「そう。首筋に痕を残すんだ。私たちアルファの先祖は、狼だったと言われている。だから、大切なつがいを噛む。世界中に、この人は私だけのオメガだと知らしめるために」

「ジェラルドだけの、オメガ……」

「そう。誰にも触れさせないように、印をつける。痛いだろう。でも、私のために耐えてくれる健気な姿に、血が滾る。興奮する。ああ、待ち遠しい」

うっとりと囁かれて、引きずり込まれそうになる。

本心を言えば、噛まれるなんて怖い。痕が残るまで噛みつくなんて野蛮だ。

でも。

ほかの誰でもない。ジェラルドに噛まれるなら、痛みも感じない気がする。

むしろ、その苦痛が甘いような予感があった。

彼の美しい歯が皮膚を破り食い込み、抉られる。

考えただけで、胸が破裂しそうだ。

「凜久、急に黙り込んで、どうしたの」

「う、ううん。なんでもない」

慌てて頭を振った。おかしな考えを指摘されたみたいに、ドキドキした。

自分はおかしい。

(何を考えているんだろう。ジェラルドは、そんなんじゃない)

彼は、このあいだ、知り合ったばかりの人だ。優しくしてくれて嬉しいけど、つがいと思うには展開が急すぎないか。

つがい。つがいって、そんな簡単に巡り合うものなのかな。

凜久は鬼っ子みたいなものだった。アルファの父とオメガの母を持つからだ。

この組み合わせならば、通常はアルファの子が生まれる。

だけど、凜久はオメガとして生まれてしまった。

オメガの赤ん坊が生まれた時、父の落胆は容易に想像がつく。エリートであるのに、子供がオメガ。悪夢以外の何ものでもないだろう。

おまけに妻は早死にしてしまい、オメガの子供だけが取り残された。

父は凛久を家政婦に預け、仕事三昧になってしまった。父親が家にいた記憶が、ほとんどない。それぐらい父には馴染みがなかった。

家のことを思い出すと、いつも溜息が出る。

チラッとそばに座る人を見た。ジェラルド。彼は、ただの上級生とは違う。つがいだから、特別な感情も当たり前だ。でも、この胸の痛みはなんだろう。

彼のことが気になるのは、つがいで優しいから。それに助けてくれたから。頼りがいがあるから。それに、それに、それに、それに――……。

ううん、そうじゃない。

ジェラルドは何もかもが、ほかの人と違う。特別だ。

貴族だからとか、美男子だからとか、そんな理由じゃない。

彼は追われていた自分を助けてくれた。

あのウサギ狩りは、子供のお遊びだ。だけど、転入したばかりの凛久にとっては、本当に怖かった。捕まったら殺されてしまうのではないかと、恐怖心をあおられた。

でも、ジェラルドは手を差しのべてくれた。凛久が、どれほど嬉しかったか他人にはわからないだろう。私のウサギになりなさいと言ってくれた。感謝してもしきれない。

　この感情は、なんだろう。

　ジェラルドのことを考えると、どうして胸がドキドキするんだろう。

　恥ずかしくて思わずキューっと顔を歪めると、プッと笑われた。

「凜久はさっきから、百面相に忙しいね」

　顔を上げると、ちょっと笑いを含んだ表情で見つめられていた。どうやら感情の波が、顔に出ていたらしかった。

「なんでもないです。ごめんなさい」

　反射的に謝って、とぼけてしまった。

　ジェラルドは、いつも「私たちは生涯をともに生きるつがいだよ」と囁く。

　彼の言うことは冗談か、夢物語みたいだ。凜久は今まで自分がオメガだという強い自覚がなかった。ただ支給される抑制剤を飲む時は、いつも思い知らされる。

　自分はオメガ。アルファである父には及びもつかない、下等な生き物というすり込み。

　抑制剤を飲まないと、アルファを誘ってしまうのだと。

　子供の凜久には誘惑の意味さえ、わかっていない。ただ、危険だと言われているから、唯々諾々と飲み続ける。飲んだあとは、身体が熱くなる。これだけは慣れない。

　もしも飲まずにいたら。自分はヒートを迎えて、男を唆すのか。

「ジェラルド。授業で習ったところで、わからないところがあるんです」

「いいよ。ノートを見せてごらん」

わざと考えていることとは違うことを言ったが、彼は疑いも持っていない。

凛久はこっそり、ゴメンなさいと心の奥で手を合わせた。だって、いやらしいことを考えていたのだから。

抱きしめられたら、きっと気持ちがいいだろうとか、キスをしたら夢見ごこちだろうとか。とにかく、淫らとしか言えないことを想像してしまった。

この学院に来てからオメガというだけで、横暴な上級生に怯えながら生活していた。

だけど、凛久がジェラルドのウサギと宣言してくれた。それ以来、理不尽な扱いはなくなった。もう、これ以上は望むべくもない。

でも彼と抱き合ったら、何が変わるのだろう。

ジェラルドが言うつがい。

自分では抗(あらが)うこともできない激流に、一気に流されるみたいな恐れ。

いや。恐れとは違う。

それはドキドキするような、怖いような、くすぐったいような、眩暈(めまい)がする感覚だ。

例えば虹色に光る蟲(むし)がいる。きれい。美しい。触りたい。自分のものにしたい。

でも蟲は毒がつまった針を持つ。刺されたら、死んでしまうかもしれない。

でも。

きれいな、宝石みたいな蟲に触れたい。毒針で刺されてもいい。刺されたら死ぬと言われても、それならば死んでもいい。

——死んでもいい。

そんな不可思議な感覚が凛久を捉え、いつまでも揺さぶり続けていた。

2

「失礼します」

学院の中に造られた、小さな保健救護室。そこへ行くと、保健医が迎えてくれた。

落ち着いた年頃の彼は、凛久の父親よりも年嵩だろう。

この学院にいるオメガは、服用を義務づけられている抑制剤を、ここで受け取る。

「やぁ。凛久はちゃんと自分の管理ができていて助かるよ。さぁ、今月分の抑制剤だ」

「ありがとうございます」

抑制剤はターコイズ色の錠剤だ。濃い色の薬は、ちょっと不安な気持ちになる。

（薬って、濃い色になればなるほどキツイって聞くけど、本当かな）

いつか誰かに聞いた、根拠のない噂話。でも、何種類もの薬を飲む身としては、不安になるのも事実だ。

目の前に保健医がいるのだから、訊いてみればいい。だけど、それができない。

自分は、この薬がないと生活できないのだから。

「今月は、何か変わったことはあった？　体調はどう？」

「体調はいいです。でも抑制剤を飲むと、身体が熱くなる感じで」

「ああ、前も言っていたね。では、解熱剤を処方しようか」

「薬を飲むほどじゃありません」

「なるほど。問題なしと。あ、そういえば凜久は最上級生の、ジェラルド・グロウナーと親しかったよね？」

「え……、は、はい」

どうして保健医が、自分とジェラルドの関係を知っているのか。その疑問は顔に出ていたらしい。すぐに保健医は苦笑を浮かべた。

「立ち入ったことを訊いて、すまないね。ただ、彼の父親であるローシアン侯は、当校の理事長でもある。ジェラルドも父親に負けず劣らず有名人だ」

「あの、ジェラルドがどうかしたんですか」

思いきって訊くと、保健医は肩を竦めてみせる。

「噂ではあるが、彼は大学に進学したあとに、当校の理事に名を連ねるらしい。いや、これは私の好奇心からの質問なんだ。だって本当だとしたら、最年少の理事だ。そんな話をジェラルドから聞いていない？」

「初耳です。家の話はほとんどしない人ですから。それに、……それにぼくは、ただのウサギです。大切な話なんかされません」

早口にそれだけ言うと、もらった薬袋を摑んで座っていた椅子から立ち上がる。

「ごめんなさい。もう戻ります。ありがとうございました」

そう言うと、足早に保健救護室を後にした。

「凛久？」

背後から自分を呼ぶ声が聞こえたが、戻る気になれない。

保健医が何を訊きたかったのか、けっきょくわからなかったが、これ以上、ジェラルドの話を聞きたくなかった。

（なんでぼく、こんなに苛々しているのか。……どうして）

保健医から彼の話を聞くのが、なんだかイヤだった。彼のことは、自分が一番最初に聞きたい。いや、聞くべきだ。

だって、ぼくはジェラルドのウサギだから。

自分は彼のものだし、ジェラルドも自分のものであってほしい。

そんなことを考えながら、足早に寮へと戻る。途中で自分の部屋に入って、机の中に貰ったばかりの薬をつめ込んだ。

「凛久、何を急いでいるんだ？」

同室の子が声をかけてきたけど気が急いていたので、なんと答えたか憶えていない。そのまま部屋を出て、四階に駆け上がった。

「ジェラルド！」

ノックもせずに、大きな声で彼の名を呼んだ。

「おお。なんて大声だ。ここは紳士が住む寮だが、きみは違うのかな？」

書き物をしていたらしい彼は、ノートから顔も上げずに言う。いつもなら素直にごめんなさいと言う凛久だったが、今日は強気だった。

「ジェラルドは今度、理事に就任するんですよね」

「早耳だね。どこからの情報だ」

「教えません。ジェラルドだって、理事になる話を内緒にしていたでしょう」

「もしかして、聞いていなかったことで立腹しているのかい」

「教えません！」

破れかぶれでそう言うと、ふわりとした感触が頬を撫でる。ジェラルドの手だ。

「私が理事になるのは、きみのことが心配だからだよ」

意外すぎる言葉に、凛久はキョトンとした顔で彼を見つめた。

「私はじきに卒業だ。そのあと、またウサギ狩りが始まるかもしれない」

その一言に凛久は顔を蒼（あお）ざめさせる。ウサギ狩り。たった一度の体験だったが、あんなに怖いことはなかった。

「ウサギ狩りは、本当にイヤです」

あの時の恐怖を思い出して、声が低くなる。

「わかっているよ。だから、私が理事になり、あの悪習は禁止だと宣言する」

「そんなことが、できるんだ……」

「今は最上級生といっても、所詮は一生徒だから発言権は少ない。だが卒業生の上に理事となれば、少しは権限もあるだろう」

「でも、いくらジェラルドでも、理事になるなんて……」

うろたえた凛久がおかしかったらしい。彼は口元に笑みを浮かべた。

「代々グロウナー家は当学院の筆頭理事だ。理事はほかにもいる。私が立候補するのは、なんら不自然じゃない」

「でも、理事って人数が決まっているんでしょう?」

「もちろん。だが現理事のガーフィールド男爵が、ご高齢を理由に退任したいと希望を出されている。だから、その空いた枠におさまるんだ」

「……本当にぼくのために?」

「ほかに理由はないよ」

「だってジェラルドは大学進学が決まっているでしょう」

「どの理事も、仕事を持ちながら務めておられる。私が大学に行きながら就任しても、なんら問題はない。私が卒業しても、きみが安心して過ごせるようにしたいんだ」

驚きで声が出なかった。下等と見られるオメガの自分に、どうしてアルファの、しかも貴族の人間が、ここまで気遣ってくれるのだろう。

「どうしてジェラルドは、そんなことをしてくれるの？」

疑問は言葉になって、凛久の唇からこぼれ落ちた。

「きみが大事だからだよ」

「大事って、ぼくがオメガだから？」

そう問うと、笑い飛ばされると思って俯（うつむ）いた。わかりきっていることだ。自分がジェラルドに大切にされる理由は、オメガだからだ。

それ以上でもそれ以下でもない。

「確かに最初は、そうだったかもしれない」

静かな声に顔を上げると、思いもよらないほど真摯な表情の彼に、見つめられていた。

こんな顔をしたジェラルドを見るのは、初めてだ。

「きみが愛（いと）おしいんだよ。私のかわいいウサギのオメガ」

ハッキリと宣言されて、凛久は真っ赤になってしまった。

「かわいらしく素直で美しい日本人形が、自分のつがいだと知って、私は有頂天だった。きみと一緒にいればいるほど、放したくないと思うようになった」

「ジェラルド……」

「……きみを独り占めしたかった」

そう囁かれて、そっと髪にくちづけられる。

自分も。自分も彼と一緒にいたい。

身分差というものがあるなら、まさに今の凛久たちがそうだろう。彼と自分では、何もかも違う。ジェラルドは一族皆アルファだけど、自分はオメガの母親から生まれた。

これ以上の身分の差があるだろうか。

「ジェラルド、あの、本当は言っちゃいけないだろうけど」

髪に触れていた彼の手を取り、必死の思いで手の甲にキスをする。

「凛久……っ」

「ぼくはオメガで、アルファのジェラルドとは身分が違いすぎるけれど、でも好き。ぼくはジェラルドが大好き！」

叫ぶように言うと、すぐにギュッと抱きしめられた。そのとたん、ふわぁっといい香りがする。大好きな人の匂いだ。

「ジェラルド、だいすき……っ」

その一言に彼は顔を上げると、深い溜息をついた。そして震える手で凛久の両頬を包み込むと、胸の中に抱き込んだ。

「なんて愛らしいことを言うんだ。私の凛久。私だけの、かわいいウサギ」

吐息のような声で囁かれ、額にキスをされる。そのとたん、たちまち肌が燃えるように熱くなった。

「あ……っ」

思わず震えると、彼はさらに抱きしめる腕の力を強めた。

「きみの幼さが憎い。いいや。きみがオメガで私がアルファなのが忌々しい。もっと大人に近づいているのなら、誰はばかることなく抱きつくすのに」

染み入るような言葉に、そっと目を閉じる。

「ジェラルド、好き。だいすき……っ」

繰り返すのは、同じ告白。だけど、幸せすぎて心が震える。

自分は、この人と巡り合うために生まれてきたのだ。

遠い異国から、この国にやってきた理由。それは彼に出逢うためだったのだ。

□□□

「あれ?」

いつものようにジェラルドの部屋がある四階に行こうと、階段を上っていたその時。ふわっと甘い香りが過ぎった。花か、それとも森林のものか。

(いい匂いだけど、なんか甘すぎる。誰か香水でも使ったのかなぁ。規則で禁止なのに)

男子には馴染みのない、妖艶な香り。芳香だけど頭が痛くなる。

日本で授業参観があった時も、こんな匂いがした。父兄がつけていた香水が原因だ。クラスメイトも同感だったらしく、父兄が帰ったら速攻で窓が開けられた思い出だ。

(匂いのせいかな。身体が怠くなってきた。……やだなぁ)

いつもは駆け上がる階段も、ひとつひとつが高く思える。足が重い。

階段の踊り場で止まって、はぁはぁ深呼吸をする。なんだか、どんどん動きが緩慢になっていくのがわかる。

(風邪かな。それとも、ほかの病気？　だって、さっきまでふつうだったのに、なんで)

その時、階段上から上級生が二人下りてきた。下級生は壁側に身を寄せるのが規則だ。

「あれ？」

上級生のひとりが立ち止まり、不思議な顔をする。

「なんだよ、急に」

「お前は感じないか。すごい匂いがするだろ。温室に入った時みたいな」

上級生は、くんくん辺りを嗅ぎながら、そばに立つ凛久に気づく。

「お前か。おい、そこのオメガ！」

いきなり怒鳴られて、ビクッと身体が竦む。上級生は忌々しそうに、こちらを睨みつけていた。こんな憎悪の表情を向けられたのは、初めてだ。

「お前、臭いんだよ！　さっさと部屋に戻って、抑制剤を飲んで毛布かぶっていろ！」

凛久に向かってそう言うと、もうひとりの上級生の腕を摑む。

「あいつオメガだよ。これヒートの匂いだ。麝香の臭いことったら。やだやだ」

そう言われて、頭が殴られたみたいにショックを受ける。

（ヒート。ぼくがヒート？　麝香？　――――発情？）

どうして。どうして自分がヒートになるんだ。ちゃんと抑制剤を飲んでいる。一日に二回。飲んでいる。飲んでいる。今日だって、ちゃんと飲んでいる。

まだ発情する年齢じゃないのに。発情するのは、十八歳頃からって言われている。それでも用心のため、ちゃんとしていた。どうして。

フラフラする頭で必死で考えようとするけれど、何もまとまらなかった。

（ジェラルドの部屋に行こう）

息を乱しながら凛久は彼の部屋を目指す。

（ジェラルドは、きっとなんとかしてくれる。ジェラルドなら、絶対におさめてくれる）

根拠はまるでない。先ほどの上級生が言った通り自室に戻り、抑制剤を飲んで横になっているか、救護室に助けを求めたほうがいい。

でも。でも怖い。

自分がヒートを迎えるなんて。

こんなふうに、とつぜん発情するなんて。

重い身体を引きずりながら目指す部屋の前に立ち、弱々しくノックをした。

扉の向こうから「どうぞ」と落ち着いた声がするが、開けることができない。フラフラしていると、しばらくして部屋の中から扉が開く。

「どうしたんだい、いつもなら飛び込んでくるのに、今日に限って……」

声が途中で途切れた。

熱に浮かされたような、ふわふわした状態だったけれど顔を上げる。すると、どこか高揚した表情のジェラルドが目に入った。

「なんて香りだ。これが、きみの麝香なのか。なんと馨しい……っ」

「ジェラルド、たすけて」

その声を聞くと彼は凛久の背中に手を回し、抱きかかえるようにして部屋の中へと連れ込んだ。そして大きな両手で凛久の頬を包み込み、甘い声で囁く。

「ついに来たのか」

「ジェラルド……」

「きみにヒートが来たんだ。すばらしい。私のつがいになるための発情だ……っ」

これが発情。これがヒート。

ずっと話には聞いていて、抑制剤も飲んでいて。

でも現実味がない、どこか遠い世界の話に思えていた発情。

ぞくぞくと震えが走る。寒いのか熱いのか、それさえもわからない。

ただ身体が痺れて、何も考えられなくなっていく。

「いやだ、こわい。こわいよ……っ」

涙を浮かべて言うと、彼は凛久の唇に唇で触れる。かすめただけのキスだ。

「怖くない。怖くないよ、私のつがい。私だけのオメガの花嫁」

「はな、よめ……?」

「きみは私とつがいになり、子を孕む。二人の子供だ。天使以外の何ものでもない」

子を孕む。

話に聞いてはいたけれど、赤裸々に言われると恐怖しかない。自分が妊娠するなんて、そんな恐ろしいことしたくない。

でも凛久の意思とは別に、身体はとろとろになっていた。

「いや、こわい……っ」

「怖くても、私はきみを放さない。未来永劫、私だけのウサギのオメガだ」

そう囁くとジェラルドは凛久の唇を、自分の唇で塞ぐ。

今までみたいなふれあうだけのものではない。熱いくちづけだった。

「ん、んん……っ」

今まで、キスってどんなものだろうと少女のようなことを考えては、赤面していた。だけど実際に唇を合わせたら、まるで自分じゃないみたいに彼を受け入れ、求めてしまった。

唇を合わせると自分から舌を伸ばし、ジェラルドの歯列を舐めていく。

ほしい。

ほしい。

ほしい。

もっと熱い舌がほしい。もっと、ぐりぐりして。ぐじゅぐじゅって音を立てて。いやらしく。すごくいやらしくして。

先ほどまでの怯えは、どこに行ったのか。気の弱い凛久は、どこに隠れたのか。

今まで思ったこともない欲望が、あふれ出してくる。

「ジェラルド、たすけて。おねがい、おねがい……っ」

そう口走りながら、自分が何を求めているのか、ちっとも理解できない。

だが彼は、ちゃんとわかっていた。

「もちろん、すぐに楽にしてあげる。ほんの少しだけ、待っていてくれ」

ジェラルドはそう言うと、部屋に設置してある電話機で、どこかに電話をかけ始めた。

凛久は疼く身体を両手で抱きしめながら、ベッドの上で丸くなる。

熱が高くなって、喉がひりつく。水を飲みたいと思ったけれど、すぐに諦めた。

（ジェラルド、ジェラルド……。もう電話なんかやめて。こっちに来て、抱きしめて）

泣きたくなるような思いだった。どうして、こんな浅ましいことを考えているのだ。

「凛久、待たせたね。さぁ、行こう」

ようやく受話器を置いた彼が優しく話しかけてきたので、凛久は固く閉じていた瞼を開く。

「い、行くって……、どこに」

もう、一歩も歩けない。そう言おうとすると、ジェラルドの人差し指が唇を塞いだ。

「まず学院には休暇の申請を出した。ヒートが来たのだから、すぐに受理されたよ。それから、行くのは私が個人的に借りているアパートメントだ。ここは侯爵家に戻りたくない時に使う、私だけの秘密の隠れ家だ」

ひみつの、かくれが。

その言葉が滲ませるドキドキに、どう答えていいのか。

それに知らない場所に行くのは、怖い。ヒートにのたうち回る自分は、捨てられてしまうのではないかと恐ろしくなる。

そんな感情に押し流されそうになっていると、ふいに額に柔らかなものが触れる。

ジェラルドの唇だ。

「もう少しだけ我慢して。ここからすぐだよ」

あたま、あたまがグラグラする。こわい。こわい。

「いい子だ。ちょっとの辛抱だよ」

そう言うと彼はベッドからシーツを剝ぎ、くるくると凛久を巻いてしまう。

甘い匂いを垂れ流す自分は、まるでロールケーキだと頭の片隅でおかしくなった。

たべて。たべて。

生クリームたっぷりの、いやらしいケーキをたべて。

早く食べないと腐って蕩けて蜜になり、きっと苦い毒になる。

「下に車を持ってきてもらうよう頼んである。さぁ、行こう」

ジェラルドは凛久を抱きかかえたまま大きな歩幅で歩き出し、階段もなんなく下りると、正面玄関から外に出る。

ひゅうっと冷たい風が頰を撫でる。寒いけれど、それが火照った身体には気持ちいい。いっそ、全裸で駆け回りたいぐらいだった。

(ぼく変だ。へん。洋服の上からジェラルドに抱き上げられているだけなのに、皮膚がザワザワする。――――ああ、頭が変になりそう……っ)

ふと顔を上げると、正面に車が停まっている。黒塗りの高級車だ。瘦軀の紳士が、後部座席のドアを開けて待っていた。

「リード、急に呼び出して悪かった」

「とんでもないことでございます。お連れさまは、わたくしがお運びしましょうか」

「大丈夫。私が乗せるよ。凛久、頭を引っ込めてくれるかな」

何を言われたか理解できなかったけれど、ジェラルドの胸に顔を伏せる。そして、二人は難なく車に乗り込めた。

だが、そうすると彼の爽やかな香りが鼻孔をくすぐって、身体が痺れる。

(早く。はやく早く。早く二人きりになりたい。早くこの身体に抱きしめられたい)

普段の凛久ならば、考えもつかないような卑猥な映像が現れては弾けて消える。

「凛久、彼は当家の運転手、リードだ」

「お目にかかれて光栄でございます。どうぞリードとお呼びください」

にこやかに挨拶されても、何も返せない。だが彼は意に介した様子もなくドアを閉めると、運転手席に座ってエンジンをかけた。

「急いだほうがよろしいでしょう。少々揺れます。申し訳ございません」

「大丈夫だよ、ありがとう」

運転手席と後部座席は、分厚いガラスで仕切られている。二人はマイクを通して話をしていた。それが水の中で聞くような、ふわぁんとした変な音に感じた。

自分はおかしい。

凛久はジェラルドの首筋に顔を擦りつけながら、必死で理性を保とうとしていたが、もちろんそれは徒労に終わった。

それほどまでに、ヒートは凛久の肉体を征服していた。

□□□

部屋の中に入ると、凛久は息を乱しながらジェラルドにしがみつく。

ここまで運転してくれたリードのことは頭になかったし、彼がいつ消えたかもわからない。ただ、身体の熱を抑えたくて仕方がなかった。

連れてこられたアパートメントは石造りの、歴史がありそうな建物だ。女神の意匠が施された建築物を、普段の凛久ならば興味深く見入っただろう。

だが、今の凛久はそれどころではなかった。

部屋に入り鍵がかけられた瞬間、ジェラルドを強く抱きしめる。

「凛久」

「こわい、こわいよ、たすけて、こわい……っ」

熱に浮かされたように呟き、彼の着ているシャツを、乱暴に引っ張った。その弾みでボタンがいくつも床に弾け飛んだけれど、構っていられない。

一刻も早く、男と繋がりたい。

男の性器を咥え込み、いやらしく揺さぶられたい。そして精液を身体の奥に叩きつけてほしい。その欲望で、頭がいっぱいだった。

今まで一度たりとも男を受け入れたことも、情欲に身を焦がしたこともない、それなのに、淫らな思いがグルグルうず巻き、凛久はどうにかなりそうだ。

発情したオメガの性欲は、常軌を逸している。忌み嫌われる最大の理由が、これだ。

「凛久、きみは初めてのヒートに怯えている。でも反対に、涎を垂らす野良犬のように身をよじり、男を咥え込もうとしている」

先ほどの情熱が嘘のように、ジェラルドは落ち着いている。冷ややかでさえあった。

「ジェラルド、ジェラルド、はやく……っ」

「きみはジェラルド・グロウナーのつがい」

まるで大天使が宣託を告げるように、彼は厳かに言った。

「そしてローシアン侯爵家の子を産むオメガだ。いいか。どれだけヒートに身を焦がそうとも、ほかの男を誘ったら承知しない」

「しな、い。しない……。ジェラルド、ジェラルドだけ……っ」

その答えを待っていた彼は、グッと凛久の顎を持ち上げる。

「ちかう、……誓います。誓う……っ」

「誓うか？」

「よく言ったね。それでこそ私だけのオメガだ」

「ジェラルドの、オメガ……」

「そう。きみのすべてが欲しい。許してくれるね」

「うれしい……」

でもそれは、蕩けるように甘くて苦い、不思議な感覚だった。

「凛久。私のかわいい、ウサギのオメガ」

3

「焦ってはダメだよ。もっと、ゆっくり受け入れてごらん」

そう囁かれて、凛久は唇を大きく開く。すると、すぐにジェラルドの舌が口腔の深くに入り込み、舌先が蹂躙されていく。

なめらかな舌先は凛久の唇だけでなく、頭の中を蕩かせていく。

自分が官能に身を焦がすなんて、考えたこともなかった。

どんどん意識が遠ざかる。代わりに淫らな欲望が身を焦がしていく。眦から涙がこぼれると、ジェラルドの舌先に舐められた。

思わず吐息を洩らしてしまうと、金色の瞳に見つめられる。

彼は凛久の肌を確認するように首筋を撫でると、胸を弄った。

「あは……っ、くすぐったい」

いつもの凛久ならば、顔を真っ赤にして抵抗するだろう。だが、今の彼は頬を染めながらも腰をくねらせ、もっとというようにジェラルドの背を抱きしめた。

彼が小さな乳首を噛んだ瞬間、甘ったるい声が上がる。

「凛久はここが好きなんだね」

「うん、好き。すきぃ……っ」

頬を真っ赤にしながらも、身体は貪欲にジェラルドを誘っていた。だけど心は裏腹で、自分の変貌に戸惑っている。

「ねぇ、ぼくもしたい……、ジェラルドの、舐めた、い……っ」

驚くほど露骨な言葉に、震えたのは凛久本人だ。

（ぼく、何を言っているの）

（恥ずかしい。こんなことされて、恥ずかしい）

（腰が勝手に動く。うねうね、いやらしい。――いやらしい）

快感に喘ぐ自分の浅ましさに、絶望的な気持ちになる。

だけど、淫らな声は抑えられなかった。

そんな凛久をどう思ったのか、うっとりと微笑む男が、自分を見つめていた。

たまらなくなって彼のファスナーを開くと性器を摑み、くちづける。そして、ためらうことなく舌を這わせた。

何度も上下に舐めて味わっていると、不思議な征服欲が湧き起こる。これがジェラルドのものだと思うと、興奮が止まらない。

これを口の中に入れたい。舐めて、かじって、食べてしまいたい。

甘いお菓子みたいに、もぐもぐしたい。

そう思った瞬間、あっという間に頰ばってしまった。

「凛久、……なんていたずらっ子だ」

頭上から戸惑った声が聞こえたけれど、夢中で舐めると、どんどん大きくなって、口におさまりきらなくなる。それが楽しい。

もっともっと大きくなればいい。そんなことを思いながら舐めて、歯を立てる。すると、息を飲む音が聞こえた。

「凛久、そんなことをしたら痛いよ」

両手で顔を支えられて性器を引き抜かれると、思わず涙が出てしまった。

「……何を泣いているの？」

「だって、だって、ジェラルドが抜いちゃうから、淋しいんだもん……」

潤んだ瞳をしながら、唇を唾液でベタベタにした小悪魔が泣きじゃくる。これにはジェラルドも、参ったという顔をしていた。

「オメガは発情すると、恐ろしいほど淫らになるというが、これがそうか。いつも無邪気で幼い凛久が、これほど妖艶になるなんて。これが、オメガの発情なのか」

ほんの少し身震いすると彼は身体を起こして、着ていた服をすべて脱ぎ床に放り投げた。

そして、右手で乱れた髪をかき上げる。

「淫奔なきみは、とても魅力的だ。発情している時は理性が消失しているのだから」

「わ、わからない。……わかんないよぅ……っ」

滾った欲望を隠そうともしないが、「早くきみの覚醒が来ないかな」と言っていたジェラルドを思い出して、情欲に流されそうになっていた理性が呼び戻される。

「ご、ごめんな、さい。ぼく、いやらしくて、ごめんなさい……。いつものぼくじゃないのがイヤだ。いくらヒートだからって、こんなの変だ。でも、どうしていいのかわからない。身体が熱くて、触られたところが蕩ける。恥ずかしい……」

たどたどしい口調で、なんとか今の状況を説明した。ジェラルドは黙って話を聞いてくれていたが、凛久の手を取ると手の平に唇を押しつける。

「ジェラルド……っ」

驚き慄く凛久の目を見据えて、ジェラルドは囁いた。

「きみが欲しい」

彼はそう言うと、唇の両端を上げる。優美な微笑みであり、謎めいた表情でもある。

「きみを貪り、私の血肉にしたいぐらい、愛おしい」

そう囁きながら、ジェラルドは凛久の胸に顔を埋めて、乳首を舐め始めた。その音が卑猥すぎて、眩暈がしそうだ。

彼は小さな突起を舌で愛撫して、ようやく顔を上げた。その眼差しは濡れていた。

「どうか私に、きみの身を預けてくれないか」

熱い囁きに、戻りかけていた理性が音を立てて崩れ落ちる。

自分はオメガ。

ヒートの波に抗えない、卑しいオメガ。

「し、して。ぼくも、欲しい。ジェラルドが欲しいよぅ……っ」

子供みたいな泣き声を上げたのと同時に、ベッドの上に押し倒された。

「そんな幼い声を出しながら、麝香の匂いを放っている。なんて誘惑だ」

思いつめた瞳に見つめられて力が抜けた。自分は、今きっとすごい淫らな匂いをさせている。こんな状態で恥ずかしいなんて、よくも言えたものだ。

でも。

身体中が疼く。アルファが欲しい。もっと悦びを感じたい。

もっと気持ちよくなって、ぐずぐずに煮溶けてしまいたい。

その時、ジェラルドの指が腹部をすべり太腿を撫でたあと、凛久の性器に絡みつく。そして、ゆっくりと上下し始めた。

頭が沸騰しそうになった。もっと触ってほしくて、ジェラルドの手に性器を擦りつける。

「あ……あ、ああ……」

淫らに腰を動かして、いやらしく乱れた。

「こうされると、気持ちいい？」

彼が凛久の性器を握り、ゆるゆると擦り上げると、凛久の唇から吐息が洩れた。

「気持ちいいと、言ってごらん」

「そんな、いや……っ」

「私しか聞いていないよ。凛久、気持ちいいだろう」

そそのかす声で凛久の欲望を暴く彼は、濡れた音を立てながら性器を弄り続けた。

「あ……、いい。すごく、いい……」

「気持ちいいと言葉にすると、身体の奥が熱くなるだろう」

ジェラルドの言う通りだ。熱球が大きくなる。もう少しで、破裂しそうになる。

そうしたら、滾る溶岩があふれ出してしまうだろう。

もっと。もっと触ってほしい。もっと、もっと……っ。

自分が新しい扉を開きそうで、気持ちが昂る。それと同じぐらい、怖くもあった。

どうなっちゃうんだろう。

じぶんは、どうなっちゃうのかな。

他人事のような疑問が脳裡を過ぎったが、とろりと溶けた頭では、何も考えられない。

ジェラルドが教えてくれる悦楽は、今まで知らなくていいものだった。だけど、知ってしまったらどうなるのだろう。それが怖い。

びくびく震える姿を甘い瞳で見つめられていたが、頭の中が滾っていて、わけがわからない。おかしくなってしまいそうだ。

「触られて気持ちがいいなら、ちゃんと声に出して言いなさい」

甘い声で命令されて、身体の奥が痺れる。

凛久は何度も頷きながら、うわ言のようにくり返した。

「いい、……触られると、気持ちいい。気持ちいいです……っ」

泣きたくなるぐらい、快感が迫る。自分がはしたなく、蜜をこぼしているのがわかった。

「とろとろだ。凛久は、こういうふうにされるのが、大好きなんだね」

囁きながら耳殻を噛む彼は、淫らな動きを止めようとしない。頭がぼうっとして、催眠術にかかったみたいになってくる。

「うん、すき……、きもち、いい。すき……」

あふれた涙が、頬を濡らした。ジェラルドはその涙を、舌で舐め取った。

舌先の感覚に気を取られているうちに、性器に絡みついていた彼の長い指が離れて、凛久の最奥を撫でる。ぞくぞくする感覚に身を起こそうとした瞬間、指先が奥に入り込む。

一瞬のことだった。

「あ、あ、あ……っ」

挿入された指先が慎重に入り口を解し、さらに奥へと進もうとしている。凛久はそれを止めるどころか、ただ、甘ったるい声を上げ続けて受け入れた。

「あ……、あ、あぁっ」

「いい子だね。とても上手に飲み込んでいるよ」

教師のように、生真面目に言い聞かせる声で囁かれると、身体の力が抜けていく。

内部を指でほぐしながら、ときおり確かめるように折り曲げる。

そうされると、身体がびくびくと震えた。

「ひ……っ」

「大丈夫。怯えないで。凛久はきっと、これを好きになる」

凛久が無意識に身体を竦めると、見透かしたように、甘やかすキスが唇に落ちてくる。

「ん、んん……っ」

意識が飛んでしまいそうな快感に溺れていると、また内部を擦られて声が洩れる。

「今まで、誰とも恋人になったことがないの？」

「そんなこと……」

ちゃんと答えられなくて、顔を背けた。恥ずかしいからだ。だがジェラルドは、そんな小さな抵抗さえも許してはくれない。

凛久の顎を指で押さえ、顔を見据えてくる。

「ちゃんと答えなさい。好きになった人はいなかったのか」

鋭い瞳に見据えられて、身体が竦んだ。

「そんな……、ほかの人なんかに興味なんかない。ジェラルドだけ……」

震える声で必死に言うと、彼が顔を押さえていた手の力を緩めてくれた。

「本当に？　こんなに愛らしい子ならば、誰もが目を留めると思うが」

「嘘なんかつかない。つかない……」

必死で言い募ると、ようやく剣呑（けんのん）な声が穏やかな声に戻った。

「本当に？　本当にきみは、私だけのものだね」

「あ、ぁあ、ん！」

いきなり彼の指が引き抜かれ、高い声が上がる。ジェラルドは震える凛久の髪に何度もキスしながら身体をうつ伏せにすると、腰を突き出させた。

「え……っ？」

驚いて目を見開くと、首筋にキスが落とされる。何度もくり返されるくちづけに、身体が怖がっているのがわかる。

首筋に噛みつかれるという恐れと、――――甘い恍惚（こうこつ）の予感だ。

「震えているね」

なだめるキスが頬から唇へ、瞼へと優しくくり返される。優しいふれあいは、無意識に怯えていた凛久の心を静めてくれた。

「きみの一番奥深くまで、私を受け入れておくれ」

真摯な瞳で告げられて怯えながらも、小さく頷く。

そう表情を繕いながら、本心は欲しくて欲しくて、たまらなかった。

自分の淫らさがイヤになる。だけど、もう理性を保つのが難しい。これがオメガという、醜いイキモノの正体だ。正気なら耐えられないだろう。

忌み嫌われる理由は、この淫猥さだ。

今までオメガが嫌われるとか、下に見られると言われても本当の意味で理解できなかった。数が少ないからとか、男でも妊娠できるから嫌われているのかと思っていた。

そんなのじゃない。

男でも女でも、アルファを誘惑する卑しい性だから。

だから嫌われる。憎まれる。

ヒートのたびに涎を垂らすような醜いイキモノを、誰が歓迎するだろう。

「き、きらいに、ならないで……」

「え?」

「いやらしくても、きらいにならないで」

自分はオメガ。ヒートになってしまえば、男を咥え込んで離さない、淫楽の獣。

でも、嫌いにならないで。

おねがい。

その願いにジェラルドは頷きで応え、凛久の髪に何度もキスをしてくれた。

「……私のつがいを、嫌いになるわけがないだろう。乱れてくれたら、むしろ愛おしい」

まっすぐに瞳を見据え、そう告げられた。その眼差しを見ていると、胸の奥が熱くなる。

ジェラルドは言わせた凛久の腰を抱え上げると、ベッドサイドのサイドテーブルから小さな容器を取り出し中身をすくい、凛久の最奥に塗り込んだ。

その時、場違いなほど爽やかな香りがする。これは、なんだろう。

「少し、我慢して」

思わず吐息が洩れたのと、熱く滾った性器が体内に入り込んでくるのは同時だった。

凛久を愛おしむように、ゆっくりと入り込んでくる性器を、慣らされた身体は拒むこともできずに、受け容(い)れてしまった。

どんどん中に入り込む。ずるずる壁を這いずり回り、自分を犯していく。

ものすごく、気持ちがいい。

「あ、あ、あぁ……っ！」

もっと。もっと汚して。もっと奪って。

体内を抉る肉塊は、怖いぐらい快感を刻み込み、凌辱(りょうじょく)していく。

ぞくぞくとした感覚に囚(とら)われながら、ジェラルドの性器を飲み込んでしまった。

四つん這いで、背後から男をズブズブ飲み込んでいく。普段の凛久ならば信じられないことだが、今は嬉しくて仕方がない。

もっと。もっともっともっと。

「あぁ、あ、は……っ、きもちいい、きもちいいぃぃ……っ」

おとなしい少年からは、想像もつかない嬌声。甘ったるい麝香の匂い。

頭の中が、おかしくなりそう。

獣の格好で背後から男に征服されるのが、たまらない。もっと凌辱されたい。いっぱい。いっぱい欲しい。

娼婦みたいに扱って。

汚くして。もっと猥りがわしく扱って。

だって、ぼくはオメガだもん、

アルファの精を受けて、いやらしく乱れる生き物。子供を産む道具だから、うんと淫らにさせて。たくさん苛めて。たくさん抱いて。

「いい。いい。いい……、きもちいい、よぅ……」

衒いのない悦びに満ちた声が、ひっきりなしにこぼれる、何度も抽挿されて、頭の中が沸騰しそうだった。早く。はやく火から下ろして。

ぐずぐずに煮えちゃう。蕩けちゃう。なくなっちゃう。

「凛久、ああ、なんて身体だ。私をどうするつもりだ……っ」

低い声が耳元で囁いている。ジェラルドが苦しんでいる。それなら。

おいしいスープを、たべてみて。

「ぁあ、ぁあ、ん……っ、ほしい、もっと、もっと。ああ、種つけて。もっと、もっと奥に叩きつけて。いっぱい、いっぱいほしい。いっぱい種をちょうだいぃぃ……っ」

遠くで、誰かの声が聞こえた。甘ったるい悲鳴、……嬌声だ。

誰かが泣いているのか。とても悲しそうな、切なすぎる声だった。

種って、なんのことだろう。どうして、そんなに泣いているのだろう。

頭の中にたくさんの、わからないことが浮かんでは消え、浮かんでは消える。

そのうち何も考えられなくなって、灯り(あか)が落ちるみたいにブツンと暗くなった。

□□□

明け方、凛久が目を覚ますとベッドにジェラルドの姿はなかった。

「え……っ」

慌てて跳ね起きたが、身体に力が入らない。くたくたとシーツの上に突っ伏してしまった。冷たい布地の感触を頬に感じ、なんだか情けなくなる。

(ぼく、何をやっているんだろう)

今は何時なのか。カーテンが引かれた室内は、海の底みたいに青に満ちていた。

昨夜のことは鮮明じゃない。でも、曖昧でも記憶が消えたわけじゃない。

『おねがい、おねがい、種をちょうだい……っ』

なんだか、ものすごく卑猥なことを口走った気がする。恥ずかしさで頭が破裂しそうだ。

自分はいったい、どうしてしまったのだろう。

(い、いくらヒートだからって、あんなこと言って、なんかいろんなことして……っ。信じられない。ジェラルドが呆れるのは当然だ)

いやらしく腰を振った。呆れるぐらい、貪欲だった。

信じられないぐらい、卑猥な格好で彼を受け入れた。足りなくて、足りなくて、淫蕩なおねだりを口にした。彼は、どう思っただろう。

泣きたい気持ちで立ち上がり、ヨロヨロと寝室を出た。リビングルームだろう部屋には大きなソファがあり、その壁際にはダイニングテーブル。

だがその部屋の中にも、探している人の姿はない。

「……あきれる、よね」

そう呟いた瞬間、涙が頬を伝った。それはすぐ床に落ちて小さな水たまりを作ったけれど、涙はあとからあとから流れ出る。

どうして。

どうして自分は、オメガなんかに生まれたのだろう。

父親がアルファなのだから、自分もそうでありたかった。誰からも尊敬される、そんな人間でありたかった。それが叶わないのなら、静かに穏やかに生きていきたかった。

オメガなんて、人じゃない。

疎まれ蔑まれる、ただの動物。いや、家畜だ。

嫌われ者のオメガ。

忌まわしく穢(けが)れている。誰が、こんな家畜を愛してくれるだろう。

ダイニングテーブルに手を突いたまま、床へと崩れ落ちた。泣きながら大きく溜息をついた、その時。ドアが開く。

「凛久、起きていたのか」

顔を出したのは、ジェラルドだった。

ビックリして飛び起きてしまった凛久に、彼は首を傾げて見せる。

「そんな顔をして。驚かせちゃったかな」

優しく囁かれて、涙があとからあとから流れ出す。

「凛久？　どうしたの。泣かないで」

彼は部屋の中に入ると、凛久を抱きしめた。

「だ、だって、ぼく……っ、ジェラルドに、きらわれたって……」

「嫌う？　いったい、なんの話だ」

彼はそっと凛久の髪を撫でてから、ソファに腰をかけた。凛久のほうは全裸のままで、床にペタンと座り込んでいる。

「ぼくが、ゆうべ、い、いやらしかったから……」

泣きじゃくりながら話をしているので、子供のような口調だった。それでもジェラルドは辛抱強く、話に耳を傾けている。

「いやらしかった？　それは光栄だね。きみは最高に愛らしく乱れてくれた。もちろん、私もだ。何度も求めてくれて最高だった」

「だって、ぼく、あんな声を出して、あ、あんなことして……っ」

「あんなこと？」

聞き返されて顔がまた赤くなる。あんなこととは、彼の性器を舐めたいと駄々をこねたことと、あげくに本当に口に含んだことだ。

それをどう伝えていいか言い淀んでいると、ジェラルドは目を細める。

「あんなことって、どんなことかな」

聞いているだけでも、くらりとする。

オメガの発情は一週間前後。散々ゆうべ抱き合ったけれど、凛久の身体はまだ燻(くす)ぶっている。こんなふうに近くにいると、また、下品なことをしてしまいそうだ。

「凛久、ちゃんと言いなさい」

いつもなら言わない、少し鋭い、命じる声。

でも、その厳しい言いつけを聞くと、身体が痺れる。

命令されるのが嬉しい。

催眠術にかかったみたいだ。支配されるって、こんな感じだろうか。

「ジェラルドの、舐めたから……」

「そうだね。きみは私のものを舐めてくれた。どんな味がした？」

「味って、そんな……。お、憶えてない。でも、甘い……」

そうだ。甘かった。

質問が露骨すぎて、顔が真っ赤になるのがわかる。でも彼は許してくれない。だから、つっかえながらだったけれど、必死で話を続けた。

飴玉（あめだま）みたいで、ずっと舐めていたかったのを憶えている。

彼はソファから立ち上がると、凛久のそばに片膝をつく。

「甘かったか。それはいいね。今度は私が、きみのものを舐めさせてもらおう」

舐めるの舐めないのと、下品すぎる話だ。だけど、凛久の肌は熱くなってくる。

奇妙な高揚感に包まれていたその時、ふいにジェラルドに唇を奪われた。

「きみの発情は、まだまだ続く。その間、私たちは一緒にいるんだ。いろいろなことをしよう。きっと、すごく楽しいよ」

彼は、どこか恍惚とした表情を浮かべている。金色の瞳が、きらきらしていた。

宝石みたいな瞳を見ているだけで、蕩けそうだ。

「瞳が濡れてきた。……すごく、いやらしいね」

ぞくぞくっと震えが走る。頬の上気が抑えられない。

「黒い瞳は、濡れるとキャンディみたいだ。とても甘くて、おいしいキャンディ」

凛久が先ほど飴玉のようだと考えたのと同じく、キャンディと言う彼に、まるで戯れの歌みたいなこと囁きながら、彼は真正面に座り込み、凛久の膝をゆっくりと開いていく。

性器は萎(な)えたままだ。

ジェラルドはためらうことなく凛久の性器に舌を這わせ、ゆっくりと口に含んだ。すぐに身体が震えそうな気持ちになった。

「ああ……」

口腔の奥深くまで含まれた性器は、熱い粘膜に包まれる。ひどく卑猥な感覚だ。いやらしい音を立てて、舐(ねぶ)り回される。彼の舌先が蠢(うごめ)くたびに、凛久の身体がビクビク震えた。するとジェラルドは性器を口の中から出すと、愛おしそうに何度もくちづける。

「ああ、凛久。とても素敵だ。ねぇ、私のものも愛してくれないかい」

「え？　うれしい……」

彼のものを、また舐められる。あの灼熱を、口の中で感じられる。

通常ならば考えも及ばないぐらい卑猥なことだ。だけど、ジェラルドを愛撫する喜びのほうが、恥ずかしさよりも勝っていた。

ジェラルドの性器に口を寄せようとすると、彼は凛久の髪に触れる。

「そうじゃなくて」

「え？」

「私が、きみの中に入りたいんだ」

てっきり、また口腔でジェラルドのことを愛せるのかと思った凛久は、頬がまっ赤になった。囁かれた言葉はあけすけで、いかがわしい。

だけど彼の言葉を聞いた瞬間、スイッチが入ったみたいに身体が感じる。

そう、恍惚としてしまった。

子孫を残すためだけじゃない。自分はものすごく、――――気持ちがいい。

そんな様子をどう思ったのか、ジェラルドは凛久と一緒に立ち上がった。そして大きなテーブルまで歩くと、凛久の上半身を胸がつくようにうつ伏せにする。

そして後ろから腰を摑む。凛久の身体に、ぞくぞくと震えが走った。

「このまま、凛久と繋がりたいんだ。いいね？」

首筋を舐められて、身体が震えた。

そのとたん甘ったたるい匂いが凛久の身体から滲み出て、部屋の中に満ちる。

「凛久、ああ、凛久。なんて香りだ。たまらない。嚙んでしまいそうだ。美しい首筋に、今度こそ私のつがいであると、嚙み痕をつけてしまいたい……っ」

ふだん冷静なジェラルドの熱い囁きに、凛久も理性を溶かされてしまった。

「はやく……」

「早く？　早く何をすればいい」

焦らす言葉に身震いがする。はやく。はやく。

「はやく挿れて、挿れてぇ。いっぱい欲しい……っ」

耳を塞ぎたくなるような言葉が、ためらいもなくこぼれた。ジェラルドは唇を歪める。

「いっぱい欲しい、か。凛久は貪婪だ」

嘲る言葉に、身体が熱くなる。

ふだんの凛久なら大嫌いなイジワルも、言われるだけで、蕩けそうだ。

彼の指が背中をなぞり、そのまま尻の奥へとすべっていく。慎ましやかに閉じられているはずの最奥は、昨夜からの情交でねっとりと蜜を湛えていた。

「ほら。こんなに入っている。あふれそうだ」

音を立ててかき回されて、たまらなくなった。

「ああ。はやく、はやく挿れて。種が、種が欲しい」

濡れた音を立てながらかき回されて、凛久の唇から濡れた甘ったるい声が洩れる。

ジェラルドはためらうことなく身体を進め、結合を果たしてしまった。

「あぁ……、あは……っ」

部屋中が甘い匂いで満ちて、クラクラした。

肉をかき分けるように、男の性器が侵入を果たす。果物をつぶすような音がして、羞恥をあおられた。テーブルを引っ掻いてのけ反ると、唇の端から涎がこぼれる。

「素敵だ……、凛久の身体は私のために誂えたみたいだね。ほら、こんな根元まで飲み込んでいる。こんな身体、初めてだ」

吐息が首筋にかかる。火傷しそうな熱だ。

「凛久、凛久。きみを噛みたい。私のものだと記したい。許してくれるか」

抽挿しながら囁くジェラルドに、何度も頷いた。

噛まれたい。痛くてもいい。どんなに苦しくても、噛まれたい。ジェラルドのつがいであると刻まれたい。二度と消えない証が欲しい。

「噛んで……、噛んでぇ。ジェラルドに噛まれたい……っ」

艶めかしい音を立てながら、何度も突き上げられて悲鳴が上がる。今、噛まれたい。

絶頂に到達する前の、この激しい律動の中で噛んでほしい。

甘ったるい麝香の匂いが、身体から滲み出るのが自分でもわかる。この匂いがするオメガは、性的な匂いを振りまいている。

だから、何をしてもいい。何をされてもいい。

「噛んで、ぼくを食べて……っ」

その一言が合図だったのか。ジェラルドは凛久の身体をテーブルに押しつけて突き上げると、首筋をきつく噛む。

「あああああ……っ」

激しい痛みに襲われるけれど、それは苦痛ではない。

快感だった。

首筋を伝って血が流れる。それをテーブルに突っ伏しながら見つめていた凛久は、大きな波に飲み込まれるようにして射精する。

その痙攣(けいれん)に引きずられたのか。凛久にのしかかっていたジェラルドも、さらに深々と奥を突き上げてくる。

「あぁぁ……っ、あ————……っ」

抉られる快感に、凛久は微笑みを浮かべて身体を揺らした。男に抱かれているのに、貪っている。

どこか倒錯した感情が、快美感をあおっていた。凛久はふたたび遂情し、テーブルに性

器を擦りつけながら、何度も精液を放った。

「いっちゃう、いっちゃう、いくぅ……っ」

「凛久。私の凛久。一緒に行こう。ああ、きみを汚してごめんね……っ」

そう呻きながら、ジェラルドも達してしまった。

「あぁ、あぁ、あ、……っあぁん。すごい、すごいぃ……っ」

ジェラルド。

ぼくは汚されてないよ。

自分は醜くて淫らなオメガ。男を咥えて離さない、いやらしい怪物。ジェラルドに罪はない。だからね、どうか、謝らないで。

悪いのは、ぜんぶ自分。すべての咎は、ぼくにある。

ジェラルド。こんな時、ふつうは好きとか愛しているって言うのに、オメガはどうやって気持ちを伝えたらいいのかな。

こんな時も、好きって言っちゃダメなんだよね。

だって、ぼくオメガだもん。

オメガって悲しいな。

涙は出ないけど悲しい。つらい。

二人は達したあと床に倒れ込み、はぁはぁと荒く息をついていた。ジェラルドと一緒に寝転んでいると、この世界には自分たちしかいないような気がする。

「凛久、凛久。私のつがい。私だけの、ウサギのオメガ」

慈愛に満ちた囁きを聞いて、やるせない気持ちに駆られてしまう。

ジェラルドの甘い囁きを耳にして、心の奥が音を立てる。

それは氷が割れるような、そんな悲しい音。

どうして身体が満たされているのに、心がこんなに淋しいのか。凛久にはわからなかった。

□□□

「凛久、さっきの出題わかった?」

授業が終わる鐘の音とともに、クラスメイトのリッキーに質問される。

「おれも引っかかっていたんだ。凛久はどうだった?」

反対側からトマスにも質問される。それに凛久は閉じかけていたノートを開く。

「ううん。ぼくも、わかったとは言いがたいよー」

凛久の首筋には、ジェラルドから贈られた黒いチョーカーが巻かれている。嚙まれた傷痕を隠すためにと、渡されたものだ。

中央には金色の石が嵌め込まれている。彼の瞳と同じ色だ。

『これすごく高価そう……。こんなの貰うなんて』

そう戸惑いを見せた凜久に、ジェラルドは当然のように微笑んだ。

「これはパートナーとして当たり前のことだよ」

パートナー。つがい。自分は彼のつがい。改めて言われて、妙に恥ずかしい。

本当に、つがいになっちゃったんだなぁ。そんな感想しか抱けない。

ジェラルドと結ばれ彼のオメガと決まったとたん、今まで遠まきにしていた周囲が、驚くほど凜久を受け入れた。入学した頃の馴染めなさが嘘のようだ。

けっきょく授業が終わったあともクラスメイトと答え合わせをして、それから皆と別れて、寮に戻ることにする。早く着替えて、ジェラルドの元に行きたい。

（授業でわからなかったところ、ジェラルドに教えてもらおう）

愛しいつがいのことを考えただけで、ついつい口元に笑みが浮かぶ。だがすぐに気を引き締めた。変な顔を誰かに見られていなかったかと、思わず辺りを見回した。

授業は難しいし、言葉もまだおぼつかない。でも、勉強すれば補える。何よりクラスメイトに受け入れてもらって、自分のアイデンティティが確立された気分だ。

オメガで東洋人。好かれる要素はないけれど、嫌われるのは悲しいし、つらい。

（努力してもダメなことってあるけど）

凛久の溜息の原因は、日本にいる父のことだ。

英国に来てから、一度も連絡をくれない。

会社経営をしている父は多忙だし、もともと凛久に関心がない。それは承知している。

(一度ぐらい、手紙か電話してくれてもいいのに)

思わず恨み言が出るのも、仕方がない。

ほかの生徒たちが親や兄弟から便りや差し入れを受け取っている姿を見ると、心が軋む。

手紙一通でもいいから、連絡が欲しい。

「……無理だよなぁ」

心の呟きが声になる。

『パパ、パパァ』

あれはいつの頃だったろうか。母が亡くなって淋しかった凛久が、仕事に行こうとする父を引き留めようとした時だ。

玄関で靴を履いている父の服を、思わず引っ張ってしまった。

すると父は大声で怒鳴った。

『触るな!』

怒鳴られてポカンとして父を見上げると、彼はイヤそうに眉をひそめている。

『私に馴れ馴れしくするな。私はお前が大嫌いなんだ』

身体をこわばらせた凛久に、当時の家政婦が見かねて言葉をかけてくれた。

『お仕事でおうちに帰られないから、お父さんが恋しいんですよ』

庇ってくれた家政婦は、すぐに家に来なくなった。父がクビにしてしまったのだ。

（お父さんは、ぼくが大嫌い……）

思い返すと、悲しくなってくる。子供にとって親は世界の中心。その人に嫌悪されるのは、あり得ないぐらい悲しい。

アルファの父はオメガの息子など、いらなかったのだ。そもそもアルファとオメガの組み合わせならば、通常はアルファの子が生まれるというのに。

でも生まれたのはオメガの凛久だ。

オメガの赤ん坊が生まれた時の落胆は、容易に想像がつく。エリートの子供がオメガ。悪夢以外の何ものでもないだろう。

（ダメなのは、ぼくがオメガだから？　ぼくがぼくだから、ダメなのかな）

お母さんがいたら。もし生きていたら、父に嫌われる凛久を庇ってくれただろう。

考えても仕方のないことが、何度も脳裏を過ぎった。

五歳で死に別れた母の葬儀の時、父は仕事だった。ひとりポツンと参列する凛久を見かねて、葬儀社の女性が手を引いてくれたのを憶えている。

凛久は、母親の死を理解できていなかった。葬儀も参列者も何もかもが、夢の中の出来事みたいだった。

ただ優しい声で話す人が、どこにもいない。

自分を愛してくれる唯一無二の存在が、地上から消えてしまった。

これは子供の凛久に、大きすぎる影響を与えた。誰にも愛されないと思ってしまった子供は、自分の存在意義すら曖昧になるからだ。

父は資産家だから、家は大きく広い。使っていない部屋は、いくつもあるぐらいだ。

だけど、誰も自分に話しかけてくれない。

誰も触れてくれない。

そこまで考えて、ブルッと頭を振った。

（で、でも。ぼくとジェラルドは、つがいだもの。一生に一度だけ巡り合える人だ。よかった。この学院に来られて、本当によかった）

ちょっと前までウサギ狩りに怯え、日本に帰りたいと半泣きだったこともどこへやら。凛久はジェラルドに出逢えたことに喜びを見出していた。

そんなことを考えながら寮に戻り、自室に戻ろうとした。だが。

「凛久、ちょっとこちらに来なさい」

「え？　は、はい」

寮の舎監に呼ばれて緊張する。痩せぎすの彼は、寮の中で生徒の面倒をみてくれる、父親みたいな存在だった。

初めて入る舎監室は、寮の部屋とは段違いに広い。その部屋の中央にテーブルが置いてあり、そこには保健救護室の保健医が椅子に座っていた。

「おお、凛久。まず座ろうか」

保健医がそう言って、椅子を引いてくれる。ますますおかしい。

「あの、何かあったんですか」

(何か……、何があったんだ)

ザワザワと背中が総毛立つ。イヤな予感が不安をあおる。

凛久が椅子に座ると、舎監も目の前の席に座った。

「落ち着いて聞いてくれるか」

こんな前置きをされるということは、落ち着いて聞けないことが起きたんだ。

心臓の音が頭の中にまで、聞こえてくるみたいだ。

「先ほど、日本から連絡があったんだ。きみの父上が事故に遭ったらしい。早急に帰国しなさい。飛行機のチケットは、もう取ってある」

大きな音を立てて、何かが崩れる音がした。

お父さん。オメガのぼくが嫌いな、口もきいてくれない、仕事が大好きなお父さんが。

事故。

さっきまでクラスメイトと勉強をして、寮に戻ってジェラルドに会う準備をして。

そんな当たり前の日常が、壊れ、砕け散る。

『私に馴れ馴れしくするな。私はお前が大嫌いなんだ』

この非日常に頭が追いつかなかった凛久は、いつか聞いた父の罵声に囚(とら)われていた。

4

日本に急きょ戻ることになった凛久は、走ってジェラルドの部屋に向かった。

父親の事故と帰国の話をすると、彼は驚きながらも凛久を抱擁してくれる。

「なんてことだ。心細いだろう。こんなきみを、ひとり帰国させるなんて」

彼の腕に抱かれていると、安心できた。父の事故も、大したことないように思えるから不思議だった。

「凛久、私も一緒に日本に行こう」

とつぜんの言葉に慌てて首を振った。

「詳細はわかりませんが重傷ならそういう連絡があるはずですから、きっと大したことないと思います」

「本当に大丈夫？　凛久は母上もいないし、兄弟もいない。心細いだろう」

「家族は父ひとりだけど、本当に大丈夫です。父の会社の人が、空港まで迎えに来てくれるらしいし、大丈夫。もし困ったことが起きたら、必ずジェラルドに報告します」

「本当だね？　無理をしたら許さないよ」

そう囁かれて、額にキスをされる。それだけで身体が熱くなった。

「はい、本当に大丈夫。だから、ジェラルドも安心してくださいね」

そうだ。不安に思うことは、何もない。父のことは心配だけど、先生方は何も言っていなかったぐらいだから、軽傷なのだろう。

舎監室での不安は、ただの思い過ごし。

（神経過敏になっているのかな。人より早い発情だったせいかもしれない）

凛久は数日分の着替えをつめたバッグひとつで、学院をあとにした。空港まで同行しようかという先生や舎監の申し出も、丁寧に断る。英国に渡る時だって、ひとりだったのだ。

（お父さんのスパルタ教育って、役に立つなぁ）

空港で手続きをしながら、変な感心をする。

子供の頃から仕事三昧の人だから、この機会に休養するといいと思う。凛久の留学費用だって高額だ。それなのに、なんのためらいもなく出資してくれた父。

オメガの息子なのに、父は教育に関してはお金に糸目をつけなかった。

（連絡をくれないって拗ねていたけど、ぼくももう大人にならなきゃ）

搭乗口でたくさんの人の波に揉まれながら、そんなことを考える。

これもジェラルドのおかげだ。

いつもいつも、凛久を大事にしてくれる彼。あの人がいたから、親の愛を知らなかった自分が、愛されることに慣れたのだと思う。

くだらないことを考えながら、搭乗口へと歩く。

(早くジェラルドに会いたい)

まだ飛行機に搭乗してもいないのに、もう彼が恋しい。

なるべく早く戻って、ジェラルドに抱きしめてもらいたかった。

□□□

十二時間ものフライトを終えて成田空港に到着すると、寒さに震えた。

冬の季節だから当然だけど、英国と変わらないぐらい寒い。日本は、もっと穏やかな冬だと思い込んでいたけれど、勘違いしていた。

「さっむいなぁ……」

ぼやきながら襟元を押さえ歩き出そうとすると、背後から男の声がする。

「凛久さん、来栖凛久さんですね」

いきなり名を呼ばれて振り返ると、そこには長身の男性が立っていた。

年の頃は三十代なかばだろうか。見上げるほどの背の高さ。細身で、頰が削げている。

彼は黒いスーツを着て、ベージュのトレンチコートを腕にかけていた。

「あ、あの……？」

警戒心が顔に出ていたようだ。男性は軽く一礼する。

「とつぜんすみません。私は日下部孝司といいまして、株式会社クルスで働いていました」

「クルスって、父の会社の社員さんですか」

「はい。昨年で退職しましたが、それまで社長にはたいへんお世話になっていました。今日は凜久さんを、迎えに来ました。よろしくお願いします」

一日でベータとわかる。堅実で、誠実そうな男性だ。

しかし、昨年までということは、彼は元社員だ。舎監からは父の会社の人が迎えに来ると言われていたが、辞めた社員が、なぜ自分の迎えに来るのか。疑問は顔に出ていたらしい。日下部は理由をすぐに口にする。

「社長は病院から別の場所に移動されています。私は会社が休みだったので、凜久さんが迷わないように、お迎えに来ました」

「病院から、別の場所？　父は家に戻ったのですか？」

そう言うと日下部は黙って首を振る。なんだか様子がおかしい。

まさか、舎監から聞いていたよりも容体が悪いのだろうか。悪い予感が襲ってくる。

「どうして会社を辞めた方が、ぼくの迎えに来てくれたんですか」

もっともな質問だったが、日下部は困ったように眉をひそめた。

「……私が転職した会社に、社長が下請け業者として仕事をするようになったからです」

「下請け業者として働くって、どういうことでしょう。父は経営者です」

日下部はしかめっ面のまま首を横に振る。

「株式会社クルスは、昨年に破産しています」

「破産？　そんなの初耳です。破産って、どうして」

「業績が思わしくなく負債が膨らんだため、社長は自己破産の手続きを取りました。返済義務から免除されましたが、社長は凛久さんの学費を賄うため、夜中まで働いていたんです。ご自宅は昨年末に売却されました」

「昨年って、そんなバカな！　ぼくは留学するまで、自宅に住んでいました」

「それは社長の心遣いです」

「え？」

「息子には負い目を感じさせたくないし、不自由な思いもさせたくないというのが、生前の口癖でした。ですから無理をしてでも、凛久さんを英国に留学させたんです」

「生前？　生前って、誰の話ですか」

日下部は凛久を、まっすぐに見つめてくる。

「学院に事故の一報を知らせた者の英語が拙くて、内容が伝わらなかったのでしょう。……すぐにわかることですから、申し上げます」

その一言に、心臓が跳ねる。この人は、何を言おうとしているのだろう。

まさか。まさかまさかまさか。まさか。

『私に馴れ馴れしくするな。私はお前が大嫌いなんだ』

お父さん。ぼくのことが大嫌いなお父さん。

「社長は、いえ、来栖真司さんは一昨日、事故に遭われ、亡くなられました」

お父さん。

「私の名刺がポケットに入っていたらしく、警察から連絡が来たんです。駆けつけると、臨終に間に合いました。最後の言葉は、――凜久に私のことを知らせるな、です」

お父さん。いつかはふつうの親子になれると信じていた。いつかは。きっと。そう信じていた。でも。でも。

いつかは、もう来ない。

永遠に。

□□□

「病院には長く遺体を寝かせておけないため、斎場の霊安室に安置させてもらいました」

なんだか、身体がふわふわする。それゆえに日下部の言うことも、ふわふわ聞こえた。

父が死に、会社は破産。自宅はすでに売却されているという。

あまりに急展開な話すぎて、頭が追いつかない。日下部が用意してくれたレンタカーで斎場に向かった。郊外に建つそれは、静謐（せいひつ）なのに人がたくさん集まっている。

ここに父親がいる。会社経営をして人を使うことに慣れていた、そんな父が。

日下部が受付で安置室に行きたい旨を伝えると、係の人が凛久を見て深々と頭を下げた。こんな大人に、お辞儀をされるなんて初めてだった。

「このたびは、ご愁傷様です」

形式ばった言葉に、違和感を覚える。

日本で学校に通っていた頃、同級生たちが冗談や軽口で言う「ご愁傷様です」が、こんなに重くのしかかるなんて。そう。これは冗談じゃない。

父は本当に亡くなってしまったのだ。

案内されたのは、エレベーターで下りた斎場の地下。そこは明らかに空気が重く、どこからともなく線香の香りがした。

母の葬儀に出席したことを思い出す。冷たい汗が、こめかみから伝った。

死の空気に包まれているような廊下を抜け、連れていかれたのは大きな扉の前。

(人違いだったら)

すごくよく似た、ぜんぜん知らない人だったら。何かの手違いで、父の身分証明を携帯した人だったら。日下部さんが、うっかり別人と父を見間違えていたら。

それならば、どんなにいいだろう。

でも、そんな夢物語はない。どこにもない。自分は今、現実に向かって歩いている。

(ジェラルドに会いたい。……会いたいな)

冷えた廊下を歩きながら思い浮かべたのは、優しいつがい。そして、あまり馴染めなかったテイラー校のことだった。

歴史ある重厚な学び舎。そこにいた、小さな紳士たち。

いいことも悪いこともあった。でも、そこは規律正しい、真摯に学ぶ少年たちが集う聖地。そして、愛するつがいのいる場所だった。

(凛久、私のかわいい、小さなウサギ)

逃避でしかないことを考えながら唇を噛む。そして、とうとう遺体と対面した。

ストレッチャー式のベッドに横たわる姿は、紛れもなく父だった。

不思議なものを見る思いで、目の前の遺体と対面する。

九月に別れて以来だから、半年も経っていない。それなのに父は、すごく痩せていた。

凛久にとって父は長身で頑健な、優秀なアルファという印象しかない。なのに今、ここに横たわる人は、嘘みたいに細く、そして小さく見える。

「――お父さん」

遠く近く自分の声が聞こえた。

夢じゃない。幻でもない。この人は父。ぼくの父だ。

私はお前が大嫌いなんだと言い放った、父の姿だった。

「お父さん」

虚しく声をかけながら、なぜか涙が流れない。

遺体に取りすがって泣くこともない。自分は、それほどまで冷たい人間なのか。

まるで悪魔じゃないか。

言いようのない絶望感に襲われながら父の頰に触れると、感じたことがない、冷たい手触りがする。蠟人形みたいだ。

自分の立つ場所が、砂丘のように崩れていく感覚に、凛久は囚われ続けた。

父は通夜も葬儀も執り行わず、そのまま荼毘に付されることになった。

凛久に通夜や葬儀を出す金銭がなかったからだ。

生前、アルファだった父は社会的な地位もある、立派な人だった。その人の最後が自分に力がないために、これほど簡素になってしまった。

だけど現実的に金がない。それに、以前の取引先や友人なども、凛久は知らなかった。

葬儀社の女性に正直に相談してみると、彼女は静かな声で慰めてくれる。

「それぞれのご事情に合わせたお見送りが、一番ではないでしょうか。盛大な葬儀だけが、死者を悼(いた)む方法ではありません。最近は家族葬や、通夜と葬儀を後日に回し、お別れの会を開くことも選ばれます。一か月後でも、一年後でも」

「一年後？　そんなに先でも、いいんですか」

驚きだ。亡くなったら、すぐに通夜、葬儀だと思い込んでいた。

「お別れの日は、厳密な決まりはありません。親しい方だけお呼びするんです」

隣の席に座る日下部が、遠慮がちに視線を送ってくる。凛久は大きくうなずいた。

その時。ジェラルドのことが浮かんだ。本当に困っているなら、頼ればいい。彼自身も、力になると言ってくれていたではないか。

でも、父の見送りを人に頼るのは、違う気がした。

意地ではない。自分ができる精いっぱいの追悼をしようと思った。

□□□

茶毘に付し終わるまで待つように用意された部屋に、凛久と日下部がいた。

こんな場についてきてくれた彼には感謝の言葉しかなかった。

(ジェラルドに頼らず、ひとりでやってみせるって思っていたけど、けっきょく日下部さんにベッタリ頼っている……。情けない)

だが人ひとりを見送るのは凛久だけでは無理だと、日下部に言われてしまった。

意固地になっている場合ではないと、納得せざるを得なかった。それほどまでに、手続きや必要書類が多いからだ。

(何もかも、ひとりでやると失敗します。分担していきましょう)

日下部のもっともな意見がよみがえり、頬が赤くなってしまった。

自分は、本当に甘ちゃんで考えなしの子供だ。

室内を見ると、小さなテレビが放送されている。消音に設定されていて、音は流れない。

凛久はテーブルに備えつけられていた茶器を使って、日下部にお茶を出した。

「ありがとうございます。凛久さん、気を遣わないでください」

「いえ。何かをしていると、気が紛れますから」

同じフロアには待合室がいくつもあって、ちらほらと人がいるようだ。

溜息をつきたい気持ちで、見る気もないテレビの画面に目をやる。すると。

ワイドショーが放映されていた。ふだん興味もない番組を、見るとはなしに目にして、次の瞬間、硬直する。

ジェラルドの姿が映っていた。

「えぇっ！」

あまりにも思いがけない人物の顔が、そこには映し出されている。凛久が思わず声を出してしまうと、日下部が顔を上げた。

「凛久さん、どうかしましたか？」

「あ、いえ。なんでもないです。ごめんなさい」

慌てて誤魔化して、素知らぬふりでテレビに視線を戻す。

テロップにはワイドショーの特集で、「世界の貴公子」と書かれていた。

（ジェラルド、こんな特集の対象になっちゃうんだ……）

英国の侯爵家嫡男で、若く美男子。生粋の貴公子だ。それだけで話題になるのもおかしくない。画面には正装で、宮殿に入る姿が映し出されている。

（テイラー校の制服も燕尾服だけど、ぜんぜん違う人を見るみたい）

さらりと着こなした第一礼装は、長身であり美しい体躯の持ち主だからこそ映える、ピークドラペルのテイルコート。長い脚を引き立たせる、サイドシームに沿ったグログランのブレードと側章。ふつうの人間には着こなすことが難しい第一級の礼服だ。

小脇に持つシルクハットとステッキが、憎らしいほど絵になっていた。

今の状況でなければ、素直に格好いいと思っただろう。だけど父の火葬を待っている身だ。おとなしく、そっと見つめるしかない。

（十分不謹慎だよね）

テレビはジェラルドの画像から、スタジオで話すコメンテーターへと変わった。画面の左上にはスーパーで、『英国の貴公子　婚約へ！』と映し出される。

（え）

婚約へ！　疑問形が挟まれていない、決定事項。

テレビはスタジオを映しながら、今度はワイプの小さな窓にジェラルドとお相手とされるお嬢さまの姿を見せていた。

彼女は長い金髪に端整な顔立ち。ピンクのドレスが似合っている。

今はテレビなんかどうでもいい。そんな場合じゃない。わかっている。わかってはいるけれど、大切な彼のことを見過ごすことができない。

凛久は日下部がこちらを見ていないのをいいことに、食い入るように画面を見つめた。

画面では女性のプロフィールが紹介された。名門ラトランド公爵家の令嬢とテロップが

出ている。そして由緒正しきアルファであり、同じくアルファのジェラルドと、お似合いだという。

その一言は凛久の心に、小さな亀裂を走らせた。

お似合いのカップル。

(同じ英国人同士で、二人ともきれいな金髪だ。それに、すごい美人で公爵家の令嬢だって。ローシアン家よりも格上だから、願ったり叶ったりのお相手だ)

自虐的なことばかりが頭に浮かんで消える。

ジェラルドとつき合うようになって、少しだけ貴族のことを勉強した。公爵家がどれだけの地位か、おぼろげながらわかる。

要するに自分は日本人で孤児。このままだと退学を余儀なくされる自分は、学歴も中途半端。男の、しかもオメガ。

まるで相手にならない。こんなにも格差があると、笑いしか浮かばなかった。

(いるところには、ちゃんとご令嬢っているんだな)

凛久も、良家の子息しか通えないパブリックスクールに在籍し、たくさんの令息を見てきた。だが、学院にいるのは等しく学生。特にセレブリティと意識したことがなかった。

(でも、もう――ぜんぶ終わりだ)

もうテイラー校に戻ることもない。なぜならばお金がないからだ。

今となってみれば、クラスメイトたちもジェラルドも、遠い存在になってしまった。

「凛久さん。顔色が悪いですが、気分が悪いのでは？」

真っ青な顔で黙り込んでしまった凛久を気遣って、日下部が声をかけてくれる。それに慌てて「いいえ」と答えた。

「大丈夫です。……でも、ちょっと外の空気を吸ってこようかな」

そう言うと、凛久は席から立ち上がった。どこでもいい。この場から逃げ出したい。

「まだ時間がかかりそうだから、一緒に外に出ませんか。中庭があるんです」

日下部の言葉に凛久は頷いて、二人は一緒にドアから歩きだす。

なんでもない顔をしよう。

日下部に心配をかけたくないし、死の気配と華やかなニュースから遠ざかりたかった。

案内された中庭は、誰もいない。とても落ち着いた場所だった。

「季節は早いのに、もう梅が咲いている。いい香りだ」

彼が指し示す方向には、確かに開花した樹木がある。

「あれが梅ですか?　花が黄色ですけど」

「蠟梅（ろうばい）と言いまして、中国が原産です。日本の梅とは形状が違うんですよ」

そう言うと花の咲く木のそばまで歩き、しゃがみ込むと何かを拾って戻った。

「これが蠟梅の花です。いい香りでしょう」

初めて手にする花弁は鮮やかな黄色で、とても甘い芳香がした。

「本当だ。すごくいい匂い」

話をしながらも、彼の背後が見られない。そこには駐車場を挟んで焼き場と高い煙突があるからだ。父が今、燃やされているのかと思うと、わけもなく怖い。

来栖真司という、ひとりの人間が消えてしまうのが、つらかった。

日下部はそんな凛久の心境を察しているのか、のんびりとした声で話を始めた。

「いいところでしょう。私はこの斎場に来ると、ここへ寄ることにしています」

「そんなに何回も、ここに来たんですか」

「いや、いろいろ必要な書類があるのに忘れものをして、来たのは三回です」

いろいろな書類と言われて首を傾げ、すぐに気づく。

火葬には必要な書類がある。死亡届や死亡診断書、火葬許可証。その他もろもろだ。

自分は父親の死に戸惑って、呆けていた。だけど、その間に日下部が必要な書類を手配してくれたから、無事に父を荼毘に付すことができたのだ。

父のことだけではない。彼は凛久が寝泊まりに困らないよう、ウィークリーマンションまで用意してくれていた。帰る家がない身にとって、こんなにありがたいことはない。

（そうだ。ぜんぶ日下部さんが手配してくれたんだ……！）

彼は、父の臨終に立ち会ってくれたり、遺体安置まで取りしきってくれたりした。

破産した会社の、元の従業員というだけの関係なのに、そこまでしてくれるなんて。

それなのに、凜久はお礼ひとつ言っていなかったのだ。

「ご、ごめんなさい。日下部さんは、いろいろと手配してくださって、お世話をおかけしたのに、ぼく、お礼ひとつ言ってなくて……っ」

「何を言い出すのかと思ったら。気にすることはないです」

「でも今日だって本当は、お仕事があったんじゃないですか。それなのに、火葬場にまでついてきてもらったし、何より、父の臨終にまでついていてもらったのに……」

「何事も縁ですから、気にしていません。いいんですよ。私は来栖社長には、ずっとお世話になりました。最後にご恩返しができてよかった」

申し訳なく頭を下げたが、優しい声に慰めてもらい、心が少しだけ軽くなる。

「……ありがとうございます。ぼく、ひとりだったら、どうなっていたか……」

「その年なら、ふつうですよ。それに私は以前から一度、凜久さんにお会いしたかったんです。まさか、こんなご縁とは思いませんでしたけど」

「会いたいって、ぼくに？」

「来栖さんは、凜久さんのことをよく話されていました。だから興味があったんです」

意外な言葉に戸惑った。父は自分のことを嫌っていたのではないのか。

「もしかして、凜久さんがお父さんに対して誤解をしているなら、なんとかしたいと思ったんです。お節介ですが。実は私の妻はオメガでして」

　ドキッとした。まさかこんな場でオメガの話題が出るなんて。

「ベータの私がオメガの妻を娶るのは、非難されることが多いです。クルスの会社でも、いろいろな嫌がらせを受けていました。そこに来栖さんが現れて、すべての業務を手放して、自分の秘書になれと言ってくれたんです」

「父の秘書に？」

「はい。でも私はエンジニア畑の人間で、秘書業務なんて未経験でしたので慌てました」

　事務が未経験のエンジニアに秘書業務。我が父ながら、無茶をする。

「なんか、いろいろすみません……」

「凛久さんが謝ることないですよ。社長は、私が周囲から疎外されていたのを見かねていたんでしょうね。なんとか仕事を続けられました。あの時は来栖さんがいてくれて、本当に地獄に仏でした。だから事故に遭ったと聞いて、いても立ってもいられませんでした」

　忠誠心と恩義、そして日下部の人格が、父の最期を看取るまでしてくれたのだ。感謝に震える思いだった凛久に、日下部は改めて話しかける。

「凛久さん、あなたもオメガですね」

　チョーカーをしているのを見て、察したのだろう。核心を突かれて、口ごもった。

「は、はい。オメガです。……だから父は、ぼくのことを嫌っていました。英国の学校に追いやったのは、そのせいでしょう」

「それは違います。嫌いな子供のために、深夜まで働きずくめになる父親はいません」

日下部の一言に凛久は顔を上げた。子供のために働きずくめ？

「深夜までとは、どういうことですか」

「昼から夜は、私が勤める会社で下請け業。それから深夜のサポート業務。とにかく働きずくめで、いつ寝ているのかと心配になるぐらいでした」

「どうして費用がかかる英国なんかに行かせたのか。ぼくは別に、国内でよかったのに」

そう言うと日下部は、少し眉を寄せた。

「来栖さん、テイラー校の卒業生ですよね」

「え、ええ」

「来栖さんはテイラー校で、充実した留学生活を送られた。ご自分の学園生活が煌めいていたからこそ、ぜひあの学校で学ばせたいとおっしゃっていました。来栖さんは、あなたを溺愛されていましたよ」

「でも、ぼくのことが大嫌いと怒鳴られたことがありました」

溺愛。父に甘やかされた記憶がないのに、いきなり溺愛と言われても困る。しかも亡くなったあとに聞かされたって、どう答えていいのだろう。

「あぁ……、大嫌いと怒鳴ったことを、聞いたことがあります。まだ奥さまが亡くなって間がなかった頃の話らしいですが、凛久さんに懐かれてつらくて、つい怒鳴ってしまったと聞きました。凛久さんと奥さまがそっくりで、耐えられなかったと言っていました」

ほんの一言が、凛久の心のわだかまりを解いていく。

父は自分の秘書に愚痴るほど、あの時からずっと後悔していたのだろうか。

「会社は数年前から危なかった。経営者が自己破産の申し立てをした場合、経営者の資産の提供も必要になってきます。ですが、個人の破産手続で免責決定を受けることができれば、連帯保証債務を含め、経営者個人の債務の支払い義務もなくなります」

「支払い義務がなくなるって？」

「場合にもよりますが、私有財産を守れることが多い。来栖さんは残った資産を売却し、あなたの留学費用を確保したんです」

「あ……っ」

そうだ。空港で日下部が説明してくれたのに、混乱していたせいで失念していた。

父が本当に守ろうとしたものの正体。それは――――。

「名誉よりも自己破産を選ばれた来栖さんは、社員と、そしてあなたを守ったんです」

父は会社と、そして凛久を愛していた。それを聞いて、頬が真っ赤になる。

「ぼくは、なんにも知らなくて……」

英国の学院に放り込まれたことや、父が連絡をくれないことを、ずっと拗ねていた。自分のことばかり考えていた。恥ずかしい。その時、父は必死で戦っていたのだ。

こんな役にも立たない、涙ひとつ流せない息子のために、父は命を削っていたのに。

やりきれなくなって、凛久は日下部から目を逸らした。

「さて、そろそろ時間でしょうから、戻りますか」

「はい」

そう答えて歩き出そうとした瞬間、何かが喉の奥にこみあげてくる。

(気持ち悪い。吐きそう……っ)

慌てて辺りを見回すと、駐車場の出入り口にトイレがあるのが見えた。

「すみません、ちょっと……っ」

吐き気を抑えながら必死にそれだけ言うと、公衆トイレに走り込んだ。空いていた個室に飛び込むと、我慢できずに嘔吐する。レバーを引いたが、えずく音を誤魔化せない。ひとしきり吐いたあとフラフラしながら立ち上がり、ペーパーで床を拭いた。それから手洗い場で、丹念に手と顔を洗い流す。

「……ふぅ」

こんなふうに吐くなど初めての経験だ。

(風邪でも引いたのかな。英国から帰ってきて、休む間もなくいろいろあったから、疲れているのかも。しっかりしなくちゃ)

ようやく身なりを整えてトイレを出ようとすると、出入り口に日下部が立っていた。

「お待たせして、ごめんなさい。もう大丈夫です」

日下部はしばらく無言で凛久を見ていたが、言いにくそうに口を開く。

「体調が悪いんですね」

「いえ、今とつぜん吐き気がして……。でも、もう本当に大丈夫ですから」

努めて明るい表情で言ったつもりだったが、声がかすれてしまった。日下部はそれに何か考え込むような表情を浮かべた。

「私はベータで、先ほど言いました通り妻はオメガです。長く一緒に暮らしていますから少なからず、あなた方のことは知っている」

「そうですか。でも、今の吐き気は病気なんかじゃありません」

「病気ではない。確かにそうでしょう。でも、つがいがいる凛久さんには、もうひとつ可能性がありますね。病気ではないけれど、急ぎ病院に行く必要があります」

「病院に行くって、そんな」

「妊娠の可能性があります」

その言葉に愕然(がくぜん)とする。自分が子供を宿しているなんて。

「そんなわけありません。子供なんて」

「絶対とは言いきれません。チョーカーをしているということは、あなたはつがいのいるオメガです。可能性はゼロではない。それに本人にはわからないでしょうが、妊娠したオメガは、独特の香りがします」

「香り?」

「はい。私の妻がそうでした。変な言い方をして、すみません。でも、空港で会った時から、気になっていたんです」

ずっと巻いているチョーカーを指摘され、思わず手で触れた。

オメガの妻がいる日下部は、子供を宿したらどうなるのか凛久よりもわかっているらしい。

子供。赤ちゃん。……子ども。

「私の学生時代の友人が、近くで開業医をしています。今から診察してもらいましょう。妊娠でなく体調不良だったとしても、早いうちに医師に診てもらうほうがいい」

目の前が真っ白だ。自分は天涯孤独になった、金もない、仕事もない。学院に通い続けるのは不可能だから、英国に戻ることも、もうできない。ただのオメガ。

ふと過ぎったのは、彼の国にいるつがいの横顔。

あの秀麗な人は子を授かったと知ったら、喜んでくれるのか。それとも。それとも。

先ほどのテレビに映っていた、婚約者の顔がよみがえった。

あんな綺麗な、公爵家令嬢と婚約したジェラルド。彼にとってオメガが産んだ子供なんて不要と言われてしまうかもしれない。
だって結婚したら、すぐに公爵家の令嬢が赤ちゃんを産むだろう。
最悪の場合、闇に葬られてしまうかもしれない。
そこまで考えて、ゾクッとした。
どんどん不安になる。どうしてこんなに弱く心細くなっているのだろう。
父が亡くなったばかりだから。母がいないから。頼れる人がいないから。孤独だから。
いいや。違う、そうじゃない。
我が子を守れるのは、自分しかいないからだ。
風も吹いていないのに、頬が冷たい。クラクラする。立っていられないみたいだ。
つらい。さみしい。くるしい。かなしい。
どうしたら自分は、前を向けるのだろう。
妊娠が確定していないのに、お腹が熱く感じる。それは自分がおかしいから。いいや。
——悲しいからだ。

5

骨壺に納められた遺骨を持って、二人は移動した。

日下部に連れてこられたのは住宅街の中に建つ、小さな診療所だった。

「新井総（あらいさとし）です。初めまして」

そう挨拶をされて、凛久は小さくお辞儀をする。てっきり産婦人科に連れていかれると思い込んでいた。だが、新井診療所は内科医だ。

小柄ながら、ガッシリした身体つきの新井は、優しそうな面立ちをしている。

一日の診療が終わった時間に、対応してくれているのだ。凛久は改めて頭を下げる。

「新井は信用できる男です。安心してください」

日下部はそう言うと、診療室からすぐに出ていってしまった。二人きりになると新井は、内診のあと、すぐに検査に入った。

結果を待つ間、不安だった。だが、新井はすぐに結論を出す。

「妊娠ですね。ちょうど三か月に入ったところでしょう」

「……にんしん」

「そうです。今後を考えるなら、友人の婦人科を紹介します」

淡々と説明されて、何を言われているのかわからなくなる。

「今後を考えるって、あの」

「早急に決めなくてはならないのは、出産する意思があるかということです。早く決めなくては、すぐに安定期に入ってしまう」

生々しい言葉に愕然とする。子供を堕ろすなら早く決めろというのだ。

頭の奥が鈍く痛い。だが新井が言っているのは、医師として当然のことだ。

急がなければ胎児が成長し、堕胎が不可能になる。それは望まない出産をしなくてはならないということだ。

望まれずに生まれた赤ん坊。どれだけ不幸なことになるか、考えなくてもわかる。

社会的にもっとも地位が低いとされるオメガが、アルファの庇護（ひご）なくして出産や育児ができるわけがない。

でも。でも、でも、でも。

ジェラルドに抱かれている時、避妊をしなかったのは自分だ。

情欲に喘いで、彼の種が欲しいとねだったのも自分。欲に流されたのも自分。愚かだった自分のせいで宿した赤ん坊をどうするか、決断を下さなければならない。

ジェラルドとのあいだにできた赤ちゃんなのだから、彼を頼って当然だ。むしろ、頼らないのはおかしい。だけど、英国に連絡したら、どうなるだろう。

脳裏にテレビに映るジェラルドの姿がよみがえる。

美貌と風格を持ち合わせ、公爵家令嬢との結婚も決まっている彼。その幸福なジェラルドの輝かしい未来に、オメガが産んだ赤ん坊が陰を落とすことになるのだろうか。

その時、凛久の脳裏に父の横顔が過ぎった。

(お父さん……)

優秀なアルファだったのに、父はとても不器用な人だった。

最愛の妻に先立たれ、息子を溺愛していたのに反対のことしか言えず、でも最後の最後まで家族と社員のために働いた父。

愛していると言えなかった父が残してくれたのは、命がけの愛情。

その人の息子である自分が、愛し子を見殺しにするのか。子供を殺せるのか。

我が子を見捨てるような自分は、誰にも愛される資格はない。

(ぼくは――――)

涙を流しながら硬直する凛久に、新井は静かに声をかける。

「出産も堕胎も、とても大きな問題です。今すぐ決断を出せないでしょう。帰宅して、よく考えてください。日下部にも話をしておきますので」

「……です」

新井の話を遮って、凛久はポツリと呟いた。

「凛久さん？」

「イヤです」

新井はその一言を聞き逃さず、凛久の顔を覗き込んでくる。

「堕胎がイヤなら、選択肢はひとつしかありません」

具体的な一言に身体が震えた。そうだ。堕胎という言葉は、自分のような人間には逃げ道を作るだけ。事実を捻じ曲げているにすぎない。

人殺しだ。

愛するジェラルドの赤ちゃんを、自分はどうするつもりだったのだろう。

「殺したくない。……ぼくはこの子を、殺したくない。——殺したくない！」

悲痛な声で叫ぶと、そのまま両手で顔を押さえ床に突っ伏してしまった。

「殺さない！　大切な人の子供を、ぼくの子供を、ぜったい殺したくなんかない！」

泣き崩れた凛久を支えて、新井は毅然とした声で言った。

「きみは今、選んだ。産むことを選びましたね」

「え……？」

「きみしか、この子を守れない。子供にとって、きみは全宇宙です。赤ん坊を全力で守りなさい。それこそが、きみの使命だ」

「使命って、そんな」

「大げさに聞こえますか？　いいえ。きみは、出産することを決めた。これこそが運命ですよ」

□□□

「出産？　出産って凛久さん、いきなり何を」

「いきなりじゃなくて、妊娠したら産むか産まないか。この二択です」

凛久と日下部は新井の診療所を出て、近くのカフェへ入った。しばらく無言だった凛久はフードのメニューを、食い入るように見つめる。

「パンプキンケーキ、おいしそう。でも、フレンチトーストもいいな」

真剣な話をしているのに、まったく違うことを呟いている。その態度は、とても出産について真面目に考えているように見えなかった。

「二択はもちろんですが、凛久さんはつがいの相手と、連絡は取りましたか」

「連絡は取っていませんし、取るつもりもありません」

日下部はテーブルに出された水を飲み、深い溜息をつく。

「意固地になってはダメですよ。すぐ電話かメールを」

「意固地かもしれませんけど、連絡はしません。ぼくのつがいは英国で、本当のつがいを見つけたみたいです。すっごく綺麗な、アルファのお嬢さまでした。公爵家令嬢だそうです。つがいだった人も貴族だから、お似合いですよね」

そう言いながら「あっ、すみませーん」と店員を呼んだ。

「注文お願いします。えーと、タコライスとクロワッサンサンドと海老とアボカドのドリアと、あとオムライスとクロテッドクリームが乗ったマフィンとカフェラテ！」

尋常じゃない頼みかたに、さすがに日下部が戸惑っている。

「凜久さん、私のぶんも頼んでくれたんですか？」

「え？　全部ぼくのです。二人ぶんだから、しっかり食べなくちゃ。あ、インドネシア風のココナツカレーもある。おいしそう。それもください！」

この勢いに、日下部が呆気に取られていた。でも構っていられない。

食べなくちゃ。

そうだ。食べる。生きるために、赤ちゃんのために食べる。泣いてなんかいられない。

だって自分は親になる。

赤ん坊を産んで育てるんだから。生きていかなくちゃならない。ジェラルドを想って、落ち込んではいられないのだ。

「そうだ。まずテイラー校に連絡して、退学することを伝えなくちゃですね。それから新居を探して、引っ越しをして。あっ、アパートメントの契約に保証人がいるんですけど、日下部さんにお願いできませんか。けしてご迷惑をおかけしませんから」

唐突な申し出に、日下部は驚いている。だが、すぐに「いいですよ」と言ってくれた。

「本当ですか！」

「もちろん。でも、保証人は通常、二名必要です。もう一名はどうしますか」

「あ、新井先生にお願いしました」

「新井に？　初めて会ったばかりなのに、よく頼みましたね」

新井医師の名に日下部は、さすがに驚きを隠せないようだ。凛久も頷いた。

「新井先生に、これからどうやって生活するんですかって訊かれたんです。それで、どうしようって困っていたら、私が保証人になりましょうと言ってくださったんです」

「……あいつは昔から困っている人を見ると、無償の愛を注ぐヤツでした」

「無償の愛、ですか」

「ええ。その証拠に、あいつの家には七匹の保護犬と、四匹の保護猫が同居しています。ヤツは、筋金入りのマザーテレサみたいな人間ですよ」

その言葉に、凛久は小さく笑う。

「ぼく、新井先生に悲壮感たっぷりな顔を見せちゃったから、同情してくれたんだと思います。あ、でも、ご迷惑はおかけしません」

「凛久さん。金がなければ、出産はできませんよ」

冷静な言葉に、表情が固まった。

そう。お金はすべてを左右する。理想論では何もできない。

「……家でできる仕事を探します。まずは、新居を決めなくちゃ」

運ばれてきたメニューをぱくぱく口に入れたが、ほとんど嚙んでいないし、味もわからない。

「ぼく、頑張ってこの子を育てます。いい子にしますから、見ていてください。あ、それよりも、まず出産しなくちゃですね。えへへ」

努めて明るく振るまった。油断すると何もかもが怖くて、涙がこぼれてしまいそうだ。

笑っていても、心は不安に震えていた。日本に戻ってから、まだ数日しか経っていない。

それなのに父は死に、最愛のジェラルドは婚約したという。本当に、本当に彼は婚約してしまったのだろうか。

いったい自分の身の上に何が起こっているのか。

……確かめるのが怖い。

本当にお前なんかいらないと言われるのが、恐ろしかった。

ジェラルドに連絡を取りたくて、たまらなかった。

助けてもらいたかった。

気持ちが離れてしまっても、それでもいい。心がなくても抱きしめてもらいたかった。

だけど、ようやく気づいた。自分はジェラルドの電話番号を、知らなかったのだ。

(一度も電話番号や住所なんて訊かなかった、ぼくが悪いんだけど)

ローシアン侯爵家が、どこに建っているかも知らない。学院でいつも顔を合わせていたから、知りたいという欲求がなかったのだ。

調べようと思えば、調べられる。相手は名士だ。だけど、教えてもらえていない事実が、凜久から力を奪った。

ぼくは本当に、ジェラルドのつがいだったのか。

彼は心の底から自分を求めてくれたのか。

心の奥底の不安や恐怖が、爆発してしまいそうだ。

学校を辞めるのが怖い。新居を探したことも引っ越しも、まるで経験がない。仕事を探すなんて、キャリアもない未成年には無理に決まっている。

何より出産なんて、どうすればいいのかわからない。誰か助けて。そばにいて。自分を見捨てないでと大声で泣き出しそうだ。

怖い。怖い。――――こわい。

不安に押しつぶされそうになりながら、無理やり笑おうとしたその時。

「提案ですが、出産するまでの通院や入院費、それに住居に関わる費用を、私がお貸しするというのはどうでしょう」

あまりに突拍子もない申し出に凜久は瞠目し、すぐに首を横に振る。

「そ、そんなのダメです！　そんな迷惑はかけられません！」

「しかし現実問題として、あなたは出産する覚悟はあるが金がない。身重だから働けない。私も家庭があるので、それほど余裕はありません。ですから最低限の金をお貸しするんです、別に援助するとかではない。借りるだけなら罪悪感は不要でしょう？　返済は働けるようになってから。期日もないし、利息もいりません。どうですか？」

日下部の言葉は、ありがたすぎて、涙が出そうだった。

「で、でも」

「もちろん強制ではありません、選ぶのは凜久さん、あなたです」

確かに子供が生まれるまで、生きていくために金が必要だ。

自分には、なんの力もない。それなのに子供を産みたいなんて笑われても仕方がない。

でも、この願いを叶えたい。

今まで一度も考えたことのない出産。自分が子供を宿すなんて、考えたこともなかった。

でも現実として授かってしまったのだ。ならば力を貸そうと言ってくれる人に、甘えるしかないのだ。

またジェラルドの顔が脳裡を過ぎる。でも、彼は別の人と婚約が決まったのだ。自分なんかいらないし、出産と言って喜ぶはずがない。

ジェラルドを頼ることは、できないのだ。

膝の上で置いた拳を、爪が食い込むまで握った。心臓がドクドクいっている。

お父さん。……お父さん。

どうか、ぼくに力を貸してください。

この身体は、どうなってもいい。死んでしまうのなら、それでもいい。でも、子供は無事に産みたい。何はなくても、この子だけは死なせない。だって。

だって、大切な自分の子。何より、ジェラルドの子供だから。

この世で何より愛しい人の赤ちゃんだから、自分は産まなくてはならない。

お父さん、力を貸して。

ぼくに力をください。

凛久は唇を嚙みして俯いていたが、思い切って顔を上げた。

「日下部さん」

「はい」

「本当に厚かましいと思いますが、お、……お言葉に甘えてもいいでしょうか」

絞り出すような声で言うと、日下部は大きな溜息をついた。

「……ああ、よかった」

「え？」

「唐突な申し出だし、嫌がられたらどうしようって、内心ドキドキしていたんです」

冷静な日下部の口から聞くには、あまりに意外すぎる言葉だった。

「どうして……」

「え？」

「日下部さん、どうしてそんなに、よくしてくれるんですか。父のことは聞きましたけれど、こんなにしてくれるなんて」

そう言うと彼はちょっと困ったような表情を浮かべる。

「凛久さんは、……私の弟に似ているんです」

「弟さん？」

「ちょっと頼りないように見えて、芯が強いところ。優しくて自分のことより人を思うところ。おっちょこちょいなところ。そんな弟に似ているから、放っておけないんです」

最後だけはずいぶんな言われようだったが、どれも当たっているから言い返せない。

そんなあるのかないのか、わからない縁でここまでしてくれるなんて。

ありがたいなぁと、心の中で思う。

「そうでしたか。でも、弟さんって、おいくつなんですか」

そう言うと日下部は、しばらく無言だった。そしてコーヒーを飲み干した。

「いくつだったかな。……ああ、七歳です」

「七歳？」

ずいぶん年齢の離れた弟だ。しかも、そんな子供に自分が似ていると言われると、複雑すぎる心境になってくる。

――でも、その弟さんがいたから、自分が助けられたのだ。

そう考えると会ったこともない弟を拝みたい気持ちだった。そう思った、その時。

「あれ？」

「凛久さん、どうしましたか」

日下部が声をかけてくれたが、凛久は黙ったままキョロキョロ辺りを見回した。

だが、すぐに笑顔を浮かべる。

「ごめんなさい、なんでもないです」

そう誤魔化して、フォークを握り直す。

（今、一瞬だけ肩が温かくなった。まるで人の手の感触みたいだ。もしかして）

ふわりと頬に何かが触れた気がする。気のせいじゃない。

（……お父さん？）

それは見送ったばかりの、父の手だったかもしれない。

生きている時に不器用な父が、凛久を励ましてくれたみたいだった。

（――ありがとう、お父さん）

気のせい。もしくは錯覚。でも、それでいい。

父がそばにいてくれた気がして、胸の奥が温かくなっていくのを感じた。

□□□

けっきょく凛久は新井の診療所近くの、小さなアパートメントで暮らすことに決めた。

今後の診察や出産は、新井が婦人科を紹介してくれた。

親類もいないので頼れるのは自分だけと承知していたが、知り合いのいない場所に住むのも、出産するのも怖かったのだ。

だが、この決断は正解だった。

近くに日下部の住居もあり、彼の妻も紹介してもらったからだ。

招かれた日下部の家は、とても明るく居心地がよさそうな空間だった。

戸建ての家は庭先まで丁寧に手入れがされていて、家に入る前から、居心地のよさを感じ取れた。中に案内されると片づいた部屋の中で、小柄な女性が凛久を迎えてくれる。

可愛らしく結った髪、真っ白な肌。大きな瞳は、小リスのようだ。ワンピースの下にデニムを穿いているのが今どきで、活動的だった。

オメガの女性に会うのは、母以外は初めてで緊張する。だが、そんな凛久とは対照的に彼女は優しく微笑んでくれた。

「初めまして。日下部一花です」

「一花さん。可愛いお名前ですね」

「え、嬉しい。ありがとうございます」

思わず出た褒め言葉に、彼女は嬉しそうに笑う。エクボができて、とても愛らしい。

そして部屋の奥の床には、ペタンと座った幼児がいる。大きなヨダレかけをしていて、その端っこに、ひまわりが刺繍してあった。

「この子は花音。よろしくね」

口のまわりがヨダレでベッタベタのお姫さまは、「うー?」と凛久を見つめてくる。

「花音ちゃん、はじめまして。ぼくは来栖凛久です。お邪魔しますね」

ちゃんと目を合わせて挨拶すると、プリンセスは「うむ」と頷いた。どうやら、お許しをいただけたらしい。頷くと花音は三重顎になって、たまらなく愛らしい。

明るくて温かい、そんな部屋の中にいる花音は、幸福の象徴だ。

実直で細やかな日下部の家庭が、こんな明るく居心地がいいことに嬉しくなった。

「出産とか赤ちゃんのこととか、何か力になれることがあるかも」

そう言って渡してくれた電話番号に、凛久は感動してしまった。

「わぁ、嬉しいな。ぼく、すごく心細かったんです」

「わかります。出産は、誰だって不安になりますよ。初めてのことづくしですもの。それに私たちオメガのことは、どうも一般の人にわかりづらいみたいだし……」

「そうか。ぼくたち、わかりづらいんですね」

そこまで言って、顔を合わせて笑ってしまった。その様子は姉弟でなく姉妹みたいだ。

「すぐに仲良しになれましたね」

そばにいた日下部がお茶を淹れながら言うと、二人はまた笑った。

「凛久さん。引っ越しの片づけは、もう終わったんですか?」

日下部から、引っ越しの話を聞いている一花の問いに、凛久は困った表情を浮かべた。

「まだです。実家から運んだものもあるし、荷ほどき自体、馴れてないせいか遅くて。今は段ボールの上にタオルをかけて、そこでご飯を食べたりしてます」

「段ボールを家具にすると、一生抜けられないっていいますよ」

きつい一言に、ますます萎れてしまった。

「ですよね……」

「あっという間に出産です。早く片づけて、赤ちゃんをお迎えする準備をしなくっちゃ。余計なことだと思いますが、引っ越しの荷物を解くお手伝いさせてもらえませんか」

その申し出に、さすがに恐縮し辞退する。

「そんな。そこまで厚かましいこと、お願いできません。ぼくは日下部さんに、保証人までお願いしちゃったんですから。大丈夫。ちゃんとします」

本当は一花の申し出に飛びつきたいぐらいだった。でも。

初対面の、しかも幼子を持つ主婦に甘えるわけにはいかない。そばに座る日下部をチラッと見ると、何も言わないし、とくに賛成も反対もしなかった。たぶん、いい気はしていない。

男は妻が家庭を疎かにされることを、何より嫌う生き物だ。自分の家庭が第一なのは、当然だと思う。しかし一花は呑気に言い放つ。

「夫も、あ、孝司さんも、凛久さんのことをずっと心配しているんです。私も心配。だって凛久さん、頼れる人がいなさそうだし。だから私のお節介につき合ってください」

あくまで凛久に負担をかけまいとする言葉に、申し訳なさと遠慮と、甘えたい気持ちが高まってくる。確かにこのまま出産を迎えたら、悲劇以外の何ものでもない。

「ありがとうございます。でも、ぼく人に迷惑ばっかりかけているから、申し訳なくて」

「迷惑だったら、手伝いたいなんて言いません。じゃあ、お礼をもらってもいいですか」

「おい、一花」

お礼の一言に日下部が反応する。確かに穏やかではない。しかし凛久は真に受けた。

「お礼はもちろんです。あの、たくさんはムリですけど」

そう言うと一花はうふふと笑った。

「お礼はね、生まれた赤ちゃんに触らせてもらうこと。新生児なんて久しぶりだから、今からウキウキなんです。花音は可愛いけど、やっぱり生まれたての赤ちゃんが一番！」

新生児の誘惑に勝てないらしい一花は、キャーと言わんばかりに震えている。

「赤ちゃんで、いいんですか」

「赤ちゃんが、いいんです。新生児の、シワシワのお猿さんみたいな顔、ぷわっぷわの髪の毛、口の中に入れたくなっちゃう小さい手。もう、たまらないです」

マニアすぎる一花の震えに、凛久も日下部も呆気にとられるばかりだ。

「あ、そうだ。花音の産着やベビー服を差し上げても大丈夫ですか？　お古で申し訳ないけれど、ちゃんと洗濯して、定期的に日干ししているから綺麗ですよ」

「わー！　すっごく嬉しい！　産着とか、どこで買うんだろうって思っていたんです」

「じゃあ、抱っこヒモもいりますね。おねしょシートは買うとして。あ、そうだ！　私と孝司さんから、凛久さんにプレゼントがあるんです」

「プレゼント？」

予想外の言葉に驚いていると、一花は立ち上がってリビングと隣の部屋を繋ぐ扉を開いた。そこにはラッピングされた大きな箱が置いてある。

「本当は無事に産まれてからじゃないと、お祝いは贈っちゃいけないんですけど。でも、もうワクワクしちゃって！」

一花は、ずずずぃと箱を引き寄せ、凛久の目の前に置いた。

「いきなり大きなものを差し上げて、ごめんなさい。でも、ぜひ開けてみてください！」

「あ、ありがとう。じゃあ、遠慮なく……」

ガサゴソ音を立てて大きな箱を開くと、透明な袋に包まれた籐の籠が現れた。

連れて歩けるように、長い手提げ用のストラップがついている。籠の中は真っ白なサテンの布で作られた、ふわふわのクッションが敷かれていた。

「これ……」

「かわいいでしょう？　移動の時に使ってもらえたらと思って！　前はベビーキャリーとかベビーバスケットって呼ばれてたけど、今はベビークーファンって言うんです。フランス語ですって。オシャレですよね」

柔らかい小さな布団に天使が眠る姿を想像して、思わず笑みがこぼれる。

「こんな立派なもの、いいんですか」

「もちろん！　でも、あとのものはお古ばっかりになっちゃうけど」

この心遣いに、目が潤みそうになる。慌てて目頭を押さえて誤魔化した。

主婦トークについていけないのか、日下部は空になった茶器を持ってキッチンへ消えていった。すると一花は、凛久の耳元に唇を寄せる。

「凛久さん。さっき、お手伝いの話が出た時、孝司さんのことを気にしたでしょ？」

「は、はい」

可憐(かれん)な見た目に似合わず一花は鋭い。

「ここだけの話をします。孝司さんは子供の頃に弟さんと、死に別れてしまったの」

「え……」

そう言われて、鼓動が跳ねる。日下部の弟というのは、凛久に似ていると言っていた、七歳の弟ではないのか。

死に別れているって。

「それでね、その子と凛久さんが似ているって、家で何度も言っているんですよ。だから、お節介を焼きたくなるみたい。お兄さんぶっているんでしょうね」

「前に聞いたことがあります。弟さんとぼくが似ているから、なんとなく気になるって」

「あ、聞いていましたか。七歳で亡くなったそうです。すごく可愛がっていたみたい。だから凛久さんのこと、いろいろ構っちゃうみたいですね。鬱陶しかったら、ごめんなさい。悪気はないんです」

『いくつだったかな。……ああ、七歳です』

そう言った日下部は少し悲しそうな、どこか懐かしいような顔をしていた。

あの表情には、こんな意味があったのだ。

「……日下部さん、そんな話を一度もしなかったから」

「だから私がお手伝いに伺っても、孝司さんは気にしません。むしろ、行ってほしかったみたいだし。あ、花音も一緒でいいですか？ まだ人に預けられなくて」

「花音ちゃん大歓迎です。じゃあ、甘えさせてください」

「もちろん、喜んで」

話をしているうちに一花と親しくなれた気がして、恐る恐る質問をしてみた。

「あの、一花さんは日下部さんに、噛まれたりしなかったんですか」

きれいな首筋をした女性の肌を思わず見つめると、彼女は照れくさそうに頷く。

「孝司さんはベータだから。あとベータって、執着欲は薄いそうです。前に本当に噛まないのねって言ったら、私を傷つけたくない。自分がアルファでも、絶対に愛するものを噛んだりしないって言っていました」

その話を聞いて、胸の奥が冷たくなった。

大事な一花を傷つけたくない。日下部の、思いやりであり優しさ。そして、あふれんばかりの愛情ゆえだ。実に彼らしい。

「首筋を噛むのは、アルファだけの習性みたいですね。彼らの祖先は狼だから、つがいへの所有欲が強いのかしら」

「どうなんでしょう。ぼくには、わからない」

狼の末裔ゆえの、アルファの所有欲。

頷きながらチョーカーの下に隠された首筋の傷が、チリチリ痛む。一花の美しい首筋が、見られない。見るのが、つらい。

――自分とは、ぜんぜん違った。

いつだったか、ジェラルドに訊いた話が過ぎる。

『私たちアルファの先祖は、狼だったと言われている。だから、大切なつがいを噛む。世界中に、この人は私だけのオメガだと知らしめるために』

覚醒の情欲に飲まれて我を忘れ、あげく深く歯を立てられて悦びに震えた自分。

あの時は嬉しかった。痛かったけれど、本当にジェラルドのつがいになれたと思った。

でも凛久が帰国しているあいだに、彼は別の女性と婚約してしまった。凛久との結びつきなんて、つがいの誓いなんて、まやかしにすぎなかった。

自分は、彼に必要とされていなかった。

自分なんか、いらない。いらなかったんだ。

テイラー校でのジェラルドとのふれあいは、少年時代の戯れ。ただの遊びだったと割りきるべきだった。子供を宿してしまったのは凛久のせいだし、彼の知らぬところだ。

どんなに苦しくても不安でも、自業自得。

（ぼくは、バカだなぁ）

つい自分の考えに浸りそうになり、慌てて顔を上げる。すると、一花は凛久の手を握りしめてきた。びっくりして凛久は彼女を見ると、真剣な表情を浮かべている。

「一花さん？」

「大丈夫。凛久さんは、ひとりじゃないです」

まったく思いもかけないことを言われ、びっくりしてしまった。

「あの……」

「凛久さんと赤ちゃんには、私も夫もついていますからね。あ、それと花音も！」

予想もしていなかった励ましに、凛久の涙腺は崩れそうになる。慌てて誤魔化そうとすると、一花の手が、背中にそっと添えられた。

「私たちオメガは、不幸になるためじゃなく、幸福になるために生まれてきたんです」

「一花さん、ぼくは」

「凛久さんは幸せになれます。絶対の幸福です。でも、まずは出産をクリアして、赤ちゃんお迎えしなくちゃね。皆で幸せになりましょう。そのために赤ちゃんは、十月十日もかけて生まれてきてくれるんですから」

そこで、とうとう涙腺は決壊して大粒の涙をこぼしてしまった。

本当は。――――本当はジェラルドに言ってほしかった言葉。

大丈夫だよって。凛久を幸福にしてみせるって、そう言ってほしかった。

それから彼の赤ん坊と一緒に、抱きしめてもらいたかった。

固く目を瞑って涙を流していると、とんとん膝を叩かれる。瞼を開くと、花音が凛久の膝にちっちゃな手を置いていた。

「花音ちゃん……」

「ほら、花音も大丈夫って言っています。たいへんだけど乗り越えましょう」

気づけば日下部も戸口のところに立っていた。いったい、いつから彼は無言で、この場を見守っていてくれたのか。

「うー。うぅー」

花音が何かを話をしているが、意味は不明だ。それでも心配してくれたのがわかる。凛久は泣きながら、うんうんと頷いた。

思えば一花は、凛久のつがいのことを一言も訊かなかった。

それは単に興味がなかっただけかもしれないし、触れてはいけないと思ってくれたのかもしれない。だが、その無関心さが、どれほど気持ちを安心させてくれただろう。

興味本位で傷に触れられたくない凛久の気持ちを、重んじてくれたのだ。

妊娠が発覚して、ずっと不安で、何かしらの心配ばかりで、心がつねにガサガサしていた。お腹の子供のことより、雑事ばかりが気になった。

でも、それじゃダメだ。自分は親になるんだから。頑張らなくちゃ。

凛久は自分の腹部を両手で覆った。

「ここに赤ちゃんがいて、もうじき生まれてくるんですね」

「ええ。びっくりするぐらい、可愛い子が凛久さんの元にやってきますよ。わくわくしませんか？　私は凛久さんの赤ちゃんが、すごく待ち遠しいです！」

「ありがとう……。ありがとうございます」

ようやく心の底から我が子を待つ気持ちが湧き起こる。嬉しかった。

天涯孤独の自分に、家族ができる。花音のように柔らかで、ふわふわで、きっと大騒ぎする天使が、自分の元に来てくれるんだ。

ジェラルドからのプレゼント。とてつもなく大きな贈り物。

オメガでよかった。

生まれてきて本当に、本当によかった。

6

うにゃ〜ん、うにゃ〜ん。

どこかで猫の鳴き声がした。けっこう、しつこく鳴いている。

（猫。どうして猫……？）

凜久はウトウトしながら猫が我が家にいる理由を考える。住んでいるアパートメントは、ペット禁止だ。誰かが内緒で飼っているのか。それとも、野良が入り込んだのか。

猫。猫はいいな。だいすき。触りたい。

でも、だめ。だってうちは、赤ちゃんがいる。野良ちゃんは家に入れられない。野良は、赤ちゃんに触っちゃダメ。……赤ちゃん？

「――赤ちゃん！」

がばっと起き上がって辺りを見回すと、ようやく状況が把握できた。

ノートパソコンは開きっぱなしだったせいで、スリープ画面。入力のバイトをしながら、いつの間にか眠っていたらしい。

そして猫の鳴き声と勘違いしたのは人間の、赤ん坊の声だ。

「あー。光希（みつき）、起きたんだね。ハイハイ、ただいま参りますよ」

凛久がこの家に引っ越しをして、約半年後。待望の家族ができた。

金色の髪と瞳を持つ男の子。光希という名の天使だ。

アルファと診断されて、ホッとした。オメガは不公平に扱われることが多い。少しでも苦労がないほうが、絶対いいに決まっている。

赤ん坊は天使と表される。だが、凛久にとっては、それ以上の存在だった。

たとえ三時間おきに大泣きしても、飲んだばかりのミルクを吐き出しても、オムツを取り換えホッとした瞬間に新たなるオシッコをされても。それでも天使に変わりはない。

「天使だと思わないと、やってられないよね。昔の人は、いいこと言うなぁ」

思わずこぼれ出る本音もご愛敬。新米は、いつも疲れるものなのだ。

どんなに育児で疲れていても、それが不快じゃない。出産前は精神的にも肉体的にも不安定で、幼かった凛久の気持ちが、落ち着いてきたからだ。

光希を抱っこして頬ずりしていると、こみあげてくるのは愛おしさばかりだった。

「あーうー、あうー」

「よしよしミルクだね。光希のミの字は、ミルクのミー」

適当なことを言いながら、粉ミルクとお湯を入れてシャカシャカ振って、頬に当てて検温。適温になったら、ごくごくゴハン。終わればゲップ。お背中ポンポン。ついでにオムツ。何度もオムツ。

ご機嫌になったプリンスを撫でて、毎日これのくり返し。

それが、すごく楽しい。

「あ、そうだ。今日のノルマは終わったから、取りあえず閉店、閉店」

内職は終了させてデータを送信してから、パソコンを閉じる。これは大事な収入源。

出産を終えたばかりで、まだまだ外に出て働けない。家でできる入力オペレーター業務は、まさにうってつけだ。凛久は真面目にコツコツ作業を続けた。

丁寧だし真面目に頑張っているし、何より仕事が正確で速いですねと、仕事先に褒められる。そのせいか、安定して発注が来る。ありがたいと思った。

それでも毎月の家賃と光熱費、光希のミルク代は容赦なく口座から引き落とされる。絶対に働かなくてはならないのだ。

「お腹いっぱいだ。よかったね」

食欲旺盛な光希は、むちむちだ。腕なんか輪ゴムを嵌めたみたいに、ぷくぷくしてる。ちっちゃいエクボの小さな手。新生児も可愛いけど、ぷわぷわの今が格別だ。

「光希のミの字は、みんなのミー」

おどけて歌うと、キャッキャッと笑われる。笑顔はとんでもなく愛くるしい。

「光希、光希、ぼくは光希に夢中だよ」

そう言って、チュッと額にキス。うーと声を上げられたので、ギュッと抱きしめた。

この子を立派に育てたい。

天涯孤独の自分に家族ができたのだ。嬉しい。幸福で飛び上がりたいぐらいだ。

もしかしたら父も凛久が生まれた時、こんな気持ちになったかもしれない。そう思うと心の中が、すごく温かくなる。

「あう?」

光希の顔を覗き込むと、なぁに? と首を傾げられた。見つめたのは、光希の瞳だ。

ジェラルドと同じ、金色に輝く瞳と、柔らかな金髪。

遺伝子学的に黄色人種との子供の目の色がカラーなんて、あり得ないらしい。出産につき添ってくれた新井医師が、そう言っていた。

でも、瞳がどんな色でも光希は光希。どんな姿でも、愛おしい気持ちに変わりはない。

(ジェラルドは、どうしているのかな)

彼のもとを去ってから半年以上も経っている。あの公爵令嬢との結婚はどうなったのだろう。調べようと思えば、調べられるだろう。でも凛久に、その気はなかった。

「……もう、関係ない人だもんね」

光希のオデコに自分のオデコをくっつけて、もう一回チューしてから抱きしめ呟く。

彼は自分と、もう違う世界の人。

いや、もともと近しいわけがなかったのだ。ほんの少しでも近いと思ったのは、凛久が浅はかだったからだ。いったい何を錯覚していたのだろう。

「でも。たまに思い出すぐらいはいいよね」

思わず言葉にして、それから深い溜息をつく。

一度はつがいとなったのだから、忘れられないのは当然。未練がましいと思うが、子供を生した相手なのだし、光希の父親なのだ。

早く忘れなくてはという気持ちと、思い出すぐらいいいだろうという気持ちがある。

赤ん坊の金色の瞳を見ると、ジェラルドを思い出して胸がざわめく。

でも、もう忘れなくちゃいけない。ズルズル未練を引きずっていても、自分は幸福になれない。光希のために生きていく覚悟が揺らぐ。

これからの人生はすべて、愛し子のために捧ぐのだ。

迷ってはいけない。

□□□

「光希ちゃん、花音と仲良しねー」

凛久の部屋に遊びに来てくれた一花は、キャッキャと遊ぶ幼子たちに目を細める。

彼女は光希の髪と目の色を見ても、何も言わなかった。それどころか初対面の時には、可愛い！　と泣き出してしまったぐらいだ。

筋金入りの赤子好きに、同行した日下部が硬直していたのも懐かしい。

花音は、どうやら光希がお気に入りらしい。小さい身体に覆いかぶさり、キャッキャしている。

「仲良しっていうか、花音ちゃんの圧に、光希は負けている……」

馬乗りになろうとする我が子を、一花は慌てて抱っこして押しとどめた。

「ご、ごめんね。花音は割と人見知りするんだけど、光希ちゃんは別格みたい」

「いいよ。光希は馬乗りされても、なんとも思っていないから」

けっこうなことを言いながら、光希を撫でてやる。当の本人は何が起こったか把握できていないらしく、ポケーッとしていた。

「光希、痛いトコないよね？」

頭や腕を触って確認してみると、ニコニコ笑った。

「光希ちゃん、本当に可愛いわねぇ。お人形さんみたい」

「そう？　そうかな。そうだよね。ねぇねぇ、もっと褒めて！」

二人は声を合わせて笑い、それぞれ我が子を抱きしめた。

「ここは落ち着くわぁ。光希ちゃんに会えるし、凛久ちゃんいるし最高」

天井を見上げて溜息をついた一花が笑う。いつの間にか、凛久さんから凛久ちゃんへと呼び方が変化しているのが本当の姉妹みたいで、しっくりしていた。

「本当は凛久ちゃんと同居したいのよね。そうしたら経済的よ」

「……それは無茶。うちはカツカツの暮らしだもん」

「凛久ちゃんから、お金なんか取るはずないでしょう。それに、うちだってカツカツよ。でも、寄り添って暮らせば温かいじゃない？　昔の大家族みたいで」

「大家族っていいね。でも、ぼくたちがよくても、日下部さんが気の毒すぎる」

「孝司さんは大丈夫。前も言ったじゃない。凛久ちゃんは弟さんソックリだって」

「男心を察してあげて。大事な奥さんと可愛い我が子がいる愛の巣に、弟ヅラした赤の他人が乗り込んだら、心が休まらないよ」

「そんなもの？」

「そんなものです」

いつだったか言われた、弟に似ているから構うという言葉も、言われた時は嬉しかった。だが、小学生の時に亡くなった弟と、自分は同レベルと気づいて落ち込んだ。

それでも両親も亡く、友人もおらず赤ん坊を抱えた凛久にとって、日下部夫妻や新井医師の存在は大きく、頼りになっていた。

べったり甘えるのではなく、心の支えにしたい。そんなつき合いは心地よかった。

「あ、そうだ。忘れてた！」

一花は持ってきてくれた手作りお菓子を出そうとして、大きな袋の中から一輪の花を取り出し、ハイっと凛久に手渡す。薔薇の花だ。

「お花？　ありがとう。嬉しいな。でも、急にどうしたの？」

「私じゃなくて下の集合ポストの、この部屋番号のとこに入っていたのよ。挿すみたいにして、お花だけ顔を出していたの。枯れたらかわいそうだから、これだけ持ってきたわ」

「うちのポストに？　なんだろう」

「ダイレクトメールの類かしら。ポストは開けてないけど、もしかしたら手紙とかチラシが入っているかもしれないわね」

「よくわからないけど、綺麗だね」

「本当にね。私も詳しくないけど、これは高いわよ。箱に入って売ってそう」

「ふぅん」

取りあえずグラスに水道水を入れて、薔薇の花を挿しておく。

深紅というか、チョコレートのような色の薔薇なんて、初めて見た。

その時、一花がバッグの中からチューブを取り出す。

「ごめんね、ちょっとハンドクリーム塗ってもいい？　この季節、ガッサガサなの」

「うん、ご遠慮なくどうぞ」

「ありがと」

そう言ってチューブから手の上にクリームを出すと、ふわっと爽やかな香りがする。

(これって……)

ジェラルドが使っていた、クリームの匂い。

とたんに顔が真っ赤になった。初めて彼に抱かれたあの日に使われたものと、同じ香りに記憶が呼び戻されてしまったからだ。

「凛久ちゃん、どうしたの？　顔が真っ赤だわ」

目ざとい一花に指摘をされてしまった。

「う、ううん。ちょっと暑くなったから。窓を開けるね」

不自然なことを言いつつも、一花が持つチューブが気になって仕方がない。

「……あのさ、そのクリームの匂いって、なんだろう」

「あっ、ごめん。キツかった？」

「そうじゃなくて、……いい香りだから、なんの匂いかなって」

ちょっと心配げだった一花は、いい香りの一言で、ぱぁっと笑顔になった。

「よかった。これね、バーベナっていう花の匂い。いいでしょ？　もう一個あるから、凛久ちゃんにあげるわ。はいっ」

そう言うと彼女はバッグから新しいチューブを取り出し、凛久に手渡した。

「えぇ？　いいよ、そんなつもりで言ったんじゃないし」

「いいから、いいから。たまにはお手入れしなさい。ガサガサじゃない」

言われてみれば凛久の手は荒れている。赤ん坊がいれば水を使う仕事が増えるせいだ。

「うん、……ありがとう。じゃあ、遠慮なくいただきます」

香りに惹かれた本当の理由なんて、言えるはずもなかった。それでも、いい匂いのするクリームは単純に嬉しい。

ジェラルドを思い出すのは、不純だなぁ。

しんみりしてしまった凛久に気づかず、一花が明るい声を出す。

「そうだ、お菓子を持ってきたの。今日はね、胡桃たっぷりブラウニーです！」

「わぁっ。おいしそう！」

とたんに花音が手足をバタバタさせる。しかし一花は非情だった。

「これは胡桃とナッツを入れたから、花音はダメ。こっちのミルクパンにしようね」

そう言われて、花音はジタジタ手足を動かした。抗議しているらしい。その様子が、なんとも可愛いので、凛久は噴き出してしまった。

「あははっ、かわいい！　会話してる」

「そうなのよ。最近なんか、通じているみたいで怖いわ。迂闊なこと言えないでしょ」

「迂闊なことって？」

「んー、孝司さんの残業がなくなるようにとか。日曜の寝て曜日は減らしたいとか」

「前半はともかく、後半は迂闊じゃなくて切実だよね」

二人は笑って、オヤツの準備をする。バーベナの香り。

だから凛久は薔薇のことなんて、すっかり忘れてしまった。

□□□

「……まただ」

今日も、ポストに薔薇一輪。

このあいだ一花が薔薇を持ってきてくれた日から毎日、花がポストに入っているのだ。

「さすがに、ちょっと気持ち悪い」

正体が知れない人からのプレゼントは、気持ちが不安定になる。

もしかして、この部屋の前の入居者の知人が、凛久が入居したのを知らずに贈っているのかもしれない。そう思って不動産屋に訊いてみた。最初は個人情報保護法とかで、教えてもらえなかったが、食い下がって訊ねた。すると。

『いいお年のおじいさんで、退去したあとは、老人ホームに入られたそうですよ』

こっそり教えてくれた情報は、凛久の首をさらに傾げさせるばかりだった。

「おじいさんのロマンス？　うーん。わかりづらい……」

内職の入力をしながら、悶々と考えた。

誰がどうして、この部屋のポストに薔薇を投げ込むのだろう。

「お花を受け取ったら、ご、合意したことになって、乱暴されても文句言えないのかな」

怖い考えになりながらも、花を枯らすのは嫌だなぁと考えて、いきなり閃いた。

ポストの下にバケツを置いて、そこに花を入れておくのだ。

名案だと思い、さっそくバケツに水を入れた。そして何本も溜まった花を入れ、ポストの下に設置する。これなら受け取らず、ついでに枯らさない。

「もしかしたら誰か花好きな人が、持っていってくれるかも。そうしたら、ぼくの与り知らぬことだもんね」

逃げの姿勢でバケツを置いて、部屋に戻り仕事を続けた。だが、その数時間後。

ピンポーンとドアチャイムが鳴ったので、顔を上げる。先ほどから、いつの間にか数時間経過していた。画面と睨めっこして入力していたので、時間を忘れていた。

机の隣に設置したベビーベッドでは、光希がすやすや眠っている。催促するように、またピンポーンとチャイムの音だ。

「どちらさまですか」

インターフォンなどないし、直接ドアに向かって声がかけられるドアの薄さ。

だが、返答がない。

「……？」

ドアスコープを覗くが、誰も見えない。見えるのは外廊下だけだ。イタズラだろうか。

「ピンポンダッシュなんて、今どき流行(はや)ってるのかな」

首を傾げながらドアを開け、そのまま動きが固まる。

ドアの前に置かれていたのは、あのチョコレート色の薔薇だ。

「うわー……。うちの前まで来た……」

しゃがみ込んで薔薇の花を拾い上げる。これは、いわゆるストーカーで、警察に届け出をするべきなんだろうか。

凛久は溜息をついてポストへ行き、置いたバケツを回収した。誰も花を持っていかなかったので、本数は変わらず。住民は得体の知れない薔薇に手をつけていないのだ。

部屋に戻ると、光希はまだ寝ている。その寝顔を見ながらバケツに生けた薔薇の花をどうしようか考えていた。

翌日もドアの前に、薔薇の花が置かれていた。

見知らぬ人が、どんどん近づいてくる。ふつうなら気持ちが悪いだけだ。近年のストーカー事件をニュースで聞くだけで、不安になるのだから。

でも不思議と、この薔薇を贈る人に嫌悪感も恐怖心もない。あるのは、疑問だけだ。

「……そうか」

凜久はペンと紙を用意して、サラサラ書き始めた。

「わからないことは、訊かなくっちゃだよね」

考え考えしながら、三つのことを書き記す。

『あなたは、どなたですか』

『どうして薔薇を贈ってくださるのでしょうか』

『この部屋に住んでいる住人を間違えていませんか』

取りあえず疑問に思っていることを書いてみる。

本当はもっと質問があるけれど、取りあえず三つだ。

それを紐(ひも)で吊(つ)るし、ドアノブから垂らしておいた。幸い部屋が角の端っこだし、住民がほとんどいないボロアパートメントだからできる荒業だ。

「これ、気づいてくれるかな」

どんな人間かもわからないのに、コンタクトを取ろうなんて危険だ。凜久でさえ、ちょっとそう思うのだから、日下部なら、厳しく怒るかもしれない。

もちろん好奇心と同じぐらい、恐怖心もある。いや、あって当然だ。

でも、どんな人がこの部屋に薔薇をよこすのか、知りたい気持ちが恐れより勝った。

「返事をくれればいいけど……」

そう呟きつつ、寝る準備を整え毛布をかぶった。

そして翌朝。

まだ手紙はぶらさがったままだ。溜息をつきながら洗濯物を干して、部屋の掃除に光希のミルク。やることは山とある。

雑事を終わらせてからパソコンを開いて入力作業に没頭した。しばらく無心に打ち込みをしていると、ピンポーンと音がする。

（きたっ）

すぐに立ち上がり玄関前に走る。ドアスコープを覗いてみたが、誰もいない。

「不発かぁ……」

呟きつつドアを開くと、新たな薔薇の花がドア前に置いてある。だが、凛久がくくりつけてあった手紙は消えていた。

「やった！」

これで一方的に花を贈られる凛久の気持ちが伝わらないにしても、不審に思っていることは、いい加減わかってもらえるはずだ。

それでもわかってもらえなかったら、今度こそ警察に相談だろうか。

「でも毎日お花が贈られるんですって言っても、相手にしてもらえるのかな」

女性ならともかく、こちらは男。しかもオメガだ。市民権はかろうじてあるけど、差別されることもめずらしくない。

「オメガって立場が弱いもんね」

うごうご遊ぶ光希の頭を撫でながら呟いた。自分のようにアルファの庇護がないオメガは、さらに弱い。凛久は、たまたま周囲の人に恵まれていたのだ。

たとえ事件に巻き込まれて、オメガが死ぬようなことがあったとしても。オメガが自分を誘惑して、身の危険を感じたから殺害したという理屈が通る世の中なのだ。

ふいに英国のテイラー校のことが、脳裏によみがえる。

オメガが学ぶことを受け入れてくれていた学院も、ウサギ狩りというオメガ苛めの風習を黙認していたのだ。

理事になって、ウサギ狩りを廃止すると言ってくれたジェラルド。あれから凛久は学院を離れてしまったから、どうなったのかわからない。

「すごく前のような気もするけど、あれから一年も経っていないんだよね……」

それなのに、あの日々がすごく懐かしい。

自分はテイラー校に帰りたいのか。いや、帰りたいのは、あの平和な日々だ。

父がいてくれて勉強だけをしていればよくて、お金の心配がなくて。呑気で、雑多で、騒がしかった毎日。ジェラルドと一緒にいられた時間が、懐かしくないといったら嘘だ。

でもそれは父が作ってくれた、夢の時間。お金がないのに必死で働いて、凛久に不自由な思いをさせまいと心を配ってくれたからだ。

自分は子供すぎて、父の想いに気づかなかった。

センチメンタルになりかけたが、「……ううん」と頭を振った。

今さら学生に戻れない。

そう思い、口元に無理やり笑顔を作る。

「それに学生に戻ったら、光希がいないってことだ。うわぁ、そんなの、考えられない」

ベビーベッドに横たわる宝物に話しかけて、思わず笑顔になった。ぼくの宝物。宝石。きらきらしたものが融合すると、光希になると思う。

それぐらい大切な子供だ。学生生活も大事だけど、光希とは比べ物にならない。

「ジェラルドとも比べ物にならないのかな」

そう考えて口元に笑みが浮かぶ。彼は、ほかの人のものになったのだ。光希と比較する必要もないし、そもそも比べられるわけがない。

「第一、好きな人を何かと比べるって、よくないよね」

好きなものに順位をつける必要はない。好き、好き、だいすき。これでいい。

わかっているのに、溜息が出てしまう。残された薔薇を見ていると、いらないことを考えてばかりだ。

自分の気持ちがわからない。わからないから、苦しいんだ。

□□□

翌日、凛久は疲れが抜けず、一日中ウトウトしていた。

仕事をしていても居眠りしてしまうし、光希にミルクをあげている時も、うっかり船を漕いだ。さすがにこれは、ひどすぎる。

「……ダメな時って、本当に何もかもがダメだなぁ」

ブツブツ言いながら仕事を早々に切り上げ、布団を敷いて横になった。光希はミルクでお腹いっぱいになったのか、ぷくぷく言いながら寝ている。

一花から『新米お母さんは万年睡眠不足だから、ヒマがあったらすぐに寝てね』と言われていた。寝ないと脳が縮んで早死にするからという、恐ろしい情報つきで。

「乳児がいるのに、八時間も寝られるわけがないじゃん……」

ブツブツ言いながら毛布にくるまり欠伸(あくび)をすると、すぐに眠りに引きずり込まれる。まるで底なし沼に溺れて飲み込まれそうな誘惑だ。

ウトウトしながら眠りに落ちた凛久は、何か音がするので目が覚めた。ベビーベッドに視線を向けたが、光希が起きた様子はない。

「なんだろう……、風？」

いつの間にか夜になっている。布団で寝たので、眠気がすっきり晴れていた。

「あ、そうだ……っ」

慌てて跳び起きて、玄関へと歩み寄る。扉を開くと、また薔薇の花が置いてあった。チャイムに気づかず眠っていたのか、心なしか萎れていた。

そして、花の下に封筒が敷かれていた。

返事だ。

胸の鼓動が跳ね上がる。慌てて中を開いてみると、英語で書かれた文字が目に入った。

質問は日本語で書いたのにと首をかしげる。

『いきなり花を送りつける無礼を、お許しください。ご質問にお答えします。

私の正体は、もうおわかりではないでしょうか

薔薇をお贈りするのは、あなたへの敬愛の証です

この部屋にお住まいの、来栖凛久さんにお贈りしております

愛をこめて。　　　　G』

Gの頭文字に呆然となる。凛久の知っている人間では、ひとりしかいない。

――ジェラルド。

頭の中が、真っ白になった。

ずっと無言で薔薇の花を贈り続けていたのは、彼だった。

「どうして、ぼくがここに住んでいるのがわかったんだろう」

呟いてから愚問だと、すぐに気づく。

相手は英国名門一族。資産は桁違い（けたちが）いだし、いろいろな人脈もある。凛久の行方（ゆくえ）なんか、捜そうと思えば一瞬でわかるはずだ。

だけど、どうして今さら自分を捜したのか。

その時。部屋の中から「ふやぁ～ん」と泣き声がした。

玄関の扉を閉めてベビーベッドに近づくと、光希は凛久の顔を見ると泣きやんだ。そしてヨダレでベタベタの手を、懸命に伸ばしてくる。その姿が愛おしい。

凛久は我が子を、きゅうっと抱きしめた。

「……じゃあジェラルドは、もう光希のことも、わかっているんだよね」

抱く力が強かったせいか「ぷぎゅー……」と、空気が抜けるような声がした。

慌てて身体を放して、頭を撫でてやる。

……ジェラルド。

金色の髪と瞳を持つ、美しい人。誰よりも優しく凛久を愛してくれたアルファ。

彼はなぜ、自分を探したのだろう。ご丁寧に薔薇の花まで用意して。もう似合いの家柄の婚約者がいるのに。凛久はもう、用済みではないのか。

「……っ！」

そこまで考えて、声が出そうになり口元を押さえる。

彼は凜久を捜していたのではない。光希だ。

ローシアン侯爵家の、後継者の息子。この子を捜索していたのだ。

「じゃ、じゃあ……」

立っていられなくて、床にペタンと座り込む。

ジェラルドがわざわざ日本まで来たのは、光希の存在を知ったからだ。

もし、光希をいらないというのなら、彼が足を運ぶはずがない。人を使えば済むことだ。

ジェラルドは、自ら息子を迎えに来たのだ。

「あり得ない話じゃない。ううん、それしか考えられない……」

とてつもない絶望が襲ってくる。

『薔薇をお贈りするのは、あなたへの敬愛の証です』

空々しい文句が頭の中でよみがえる。

彼が、なんのために薔薇を贈ってきたのかわからない。でもジェラルドは、間違いなく光希を奪いに来たのだ。

自分と同じ、金色の瞳を持つ息子を。

奪われる。このままだと光希を盗(と)られてしまう。

いつの間にか流れ落ちた涙が、抱っこしていた光希の頬を濡らす。
だけど、それを拭うこともできずに、凛久は静かに涙を流した。

7

翌日、一花から遊びに行っていい？　と電話が来たので二つ返事で了承し、公園で待ち合わせをすることにした。前に彼女にもらったベビークーファンに光希を入れて、一緒に連れていく。

もう家を知られているのだし、警戒のしようもない。

でも、戸締りはいつもより念入りにした。光希にもコートを着せて、上からレースのケープで目隠しをする。

「凛久ぅー！」

公園のベンチで待っていると、一花が花音と一緒にやってきた。

日下部家と凛久の家は同じ駅だが、言うなれば東西の位置にある。赤ちゃん連れで出てくるのは、たいへんだろう。

凛久の呼称の遍歴は、凛久さんから凛久ちゃん。最終形態が凛久になったようだ。もちろん、凛久に否やがあるはずもない。

「あぃあー！　うぅぅおー」

花音は今日も元気。光希を見て興奮したのか、手足をバタバタさせている。見ているだけでニコニコものの、スーパーかわい子ちゃんぶりだ。

「ねぇねぇ、凛久のおうち行く前に、どっかでお茶にしましょうよ。花音を連れて歩いてきたら、もうクタクタ。ファミレスでもいいわ」

確かに花音はむっちむちだ。これは重いだろう。

「花音ちゃん、ぱっつんぱっつんだね。可愛いなぁ」

「正直に風船みたいだって言っていいのよ」

ファミレスという案も出たが、それより、もっといいお店を知っていたので案内する。近所の自然食品店で知り合った人が経営する小さなカフェに、一花は大喜びだ。

ウッドデッキのある店は、ゆったりしていて居心地がいい。店内には、小さな薪ストーブがあり、とても温かい。それに赤ちゃんＯＫのお店だから、気を遣わないで済んだ。

「きゃー、すごい、薪ストーブ！　銅のお鍋が乗ってる！　すてき！」

家に閉じこもりがちな主婦は、こんな小さな演出にもテンションはマックスだ。「あー、このデニッシュサンド、おいしそう。モンブランパイもある」

「好きなものを頼んで。ぼくが奢るから」

「何、言っているの。凛久はそれどころじゃないでしょう」

奢りの一言に、一花が反応した。凛久を気遣ってくれているのだ。

「ううん。ぼくね、日下部さんにすごくご馳走になったことあるんだ」

「孝司さんに？」

「うん。初めて新井先生の診療所に行った帰り。やっぱりカフェに来て、ぼく無茶な注文をしちゃったんだ。もちろん、自分のぶんは自分で払うつもりだったよ。でも会計時になったら日下部さんが、スッとカードで払ってくれたの。スマートだよね」

「そうなんだ」

「うん。父を茶毘に付したあとで、すぐに新井先生の診療を受けてね。で、光希の妊娠が発覚して、ぼくパニックだったんだ。ちょっと考えられない量をオーダーしちゃったんだよね。だから、そのお返しっていうか、お詫びに奢る」

「なんで私に？」

「日下部さん、お返しを受け取ってくれなさそう。それに夫婦の財布はひとつでしょう」

一花は「別にいいのに」と言いながら、アップルパイも注文した。あの日の凛久も、こんな感じだったのだ。思わず笑いがこみあげる。

「そうだ。あの薔薇の話が解決したんだ。聞いてくれる？」

「うん、どうしたの？」

凛久は、あの薔薇の花の送り主が、つがいを誓ったアルファからだったと言った。その瞬間、彼女は飲みかけていたアッサムティーを噴きそうになる。

「ごほごほっ。じゃあ、あの薔薇はヤバイものだったの？」

「奥さま。品がないから、ヤバイはダメですよ」

窘めると一花は、えへへと笑った。たしか凛久より八歳年上のはずだがヤンチャだ。

「でもつがいだった人が、こんなところまで追いかけてくるってスゴイわ。光希ちゃんに対する執着なのか、凛久に対するものなのか」

「どうなのかな。でも、ぼくには執着はないと思うよ。英国には婚約しているお姫さまがいるんだし。それより、このままだと光希を盗られちゃうのかな」

一気に事情を説明してグッタリしている凛久に、一花が「大丈夫？」と頷く。

「大丈夫って、何が？」

「そのつがいさん、ちょっと凛久への思い入れがすごいと思うわ」

「まさか……、王子さまみたいな人だよ。実際、侯爵家の令息だもの」

その言葉を聞いて一花はしばらく考え、そして、「よしっ」と言った。

「今日から荷物を持って、うちに下宿しなさいよ。パソコンあれば、仕事はできるんでしょ？　あとは数日の着替えと、光希ちゃんだけ。足りないものは、取りに戻ればいいし」

「そんなのムリだよ。日下部さんだって困るし」

「大丈夫。孝司さんはオメガの私と結婚するような人だし、凛久は弟だもん」

「それ弟みたいな存在から、弟になってる。三段論法すぎだよ」

彼女は皿に残っていたケーキとパイをもぐもぐ食べると、アッサムティーを一気飲みした。そして立ち上がり、花音を背負う。

「つべこべ言わず、凛久のおうちに行くわよ！　パソコンと着替えがいるんだから！」

彼女の中では、凛久を下宿させることが決定事項になっていた。こうまで断言されると、断るのは至難の業だ。

「わかった。じゃあ、しばらくの間お宅にお邪魔させてください」

けっきょく二人はカフェを出て、凛久の住むアパートメントへと歩き出した。

「ひとりで戻るよ。荷物を持って、一花のお宅に伺うから。それでいいでしょう？」

「ダメよ。心配だから、私も行くわ」

「子連れの女性がいても、役に立たないから帰って」

ジェラルドが女性に何かするとは考えられないが、それでも何かあったら一大事だ。わざと強めに言い返したが、一花は負けてない。大きな瞳を見開き、厳しい声を出す。

「凛久はナァナァに弱くて主体性がないから、理屈で攻められたら負けるわ」

「そんな、ひどい」

「ホラ。今だって、もう負けているじゃない。私がいたほうが、口では勝てるの。それに何かあれば、すぐさま警察に通報するから大丈夫」

「わかった」

すっかり犯罪人扱いをされているジェラルドに、ちょっと申し訳ない気持ちが湧き起こる。彼が我が子を略奪するというのは、凛久の被害妄想だからだ。

一行がアパートメントに到着すると、隣のコインパーキングに大きな車が停まっているのが目に入る。黒塗りのリムジンだ。

こんな住宅街にめずらしいなと思っていると、一花の声に呼ばれた。

「凛久、今日はポストに、お花が入っていないわ」

彼女は集合ポストの前で、凛久の部屋のポストを指さしている。

「あー、うん。最近は部屋のポストに直接入れてくるんだ」

「……やっぱり警察に行く？　私、凛久のつがいさんのことを知らないから、話だけだと悪い人じゃなさそうだけど、ちょっと変わっているかも」

「ぼくのつがいだったアルファの名前はね、ジェラルドっていうんだよ」

とうとう変な人と認定された。さすがに擁護(ようご)したくなる。

「ジェラルド……」

「うん。一花に詳しく話をしてなかったね。ジェラルドは、さっきも言ったけど英国の貴族で、優しいし気品のある紳士な人。変な人なんて、とんでもない」

「どうしてそのつがいさんと、離れたの？」

「英国の学校に行っていた時、父が事故に遭ったって連絡が来て帰国したんだ。でも、父は亡くなっちゃってた。あ、その時に迎えに来てくれたのが、日下部さん」

「そう……」

さすがに一花も日下部からだいたいのところは聞いているのか、凛久の話の続きを促すように相づちだけを返してきた。

「で、父を荼毘に付すために日下部さんと火葬場に行くことになったんだ。その待合室のテレビで、ジェラルドと公爵令嬢の婚約って放送されていたのを見て……」

「で？」

「ぼく具合が悪くなって、トイレで吐いちゃったの。それで日下部さんが、病院に行こうって新井先生のところに連れていってくれて、妊娠が発覚したんだ」

アパートメントの集合ポストの前での長話は、まさに井戸端会議だ。

「ちょっと待って。凛久はジェラルドに、婚約の真偽を確認した？」

もっともな質問に凛久は答えられない。一花は「したの？」と畳みかけてくる。

「確認もしてないし連絡もしてない」

「していないの？　なんで？」

一花の目が、だんだん吊り上がっていく。それも当然だろう。

「えぇとテレビで見た婚約の話がショックすぎたのと、父が亡くなったのもショックすぎたのと、妊娠がショックすぎたのと……、とにかく日本に帰って、いろいろありすぎて」

ズラズラ言い訳を並べると、一花は眉間にシワを刻む。理解不能らしい。

「連絡もしないでメソメソしながら、光希ちゃんを産んだってわけ？」

ものすごく鋭い瞳を向けられて、どんどん小さくなっていく。そんな凛久に、今度こそ呆れた顔を隠さずに、一花は言った。

「この子は、もう……っ、どこから怒っていいのかしら。孝司さんも孝司さんよ。病院につき添うぐらいなら、トコトン面倒みるべきでしょう。もうっ。何をやっているの！」

「日下部さんには、つがいの話はしなかった。訊かれなかったし、ぼくも言わなかったし」

「訊かないとか言わないって、おかしいでしょう！　なんで訊かないの！」

「怖かったから」

その一言に、激高していた一花は息を飲み込み、言葉を失った。その横では花音が呑気に「あぅー」と声を上げる。いつもなら眦を下げる凛久だったが、今は別世界から聞こえる音みたいに感じた。

そう。怖かった。

自分はいらないと思い知るのが怖かった。

ジェラルドにお前などいらないと言われるのが怖かった。

オメガなんて誰にも必要とされないだろうと、笑われるのが怖かった。

そんな想像が、怖くて仕方がなかったのだ。

「婚約の話が本当で、お前なんかいらないって言われたらどうしようって、それぱっかり考えていた。真実を知ったら、もうダメになる気がしたんだ」

「凛久……」

「だって、ぼくオメガだもの」

泣きそうな気持で呟くと、一花は怒ったような表情を浮かべる。

「卑下しないで。オメガは人間よ。感情も知性もある、ひとりの人間なの」

「一花は日下部さんっていうパートナーがいて支え合っているから、すごく心強いと思う。でも、ぼくみたいなオメガは、いつも不安だよ。アルファがほかの人を選んだら、身を引かなくちゃならない。特に公爵令嬢なんて、勝てっこないもの」

静かな声で答えられて、一花が溜息をついた。

「凛久は、そのジェラルドのこと好きなの?」

「自分のつがいを、好きって言っていいのかな」

「当たり前じゃない。私は孝司さんのこと好きよ。大好き。愛しているわ。彼の子である花音を産めて、本当に幸せだと思っている。誰にだって宣言してみせるわよ!」

迷いのない言葉に、ちょっと笑って頷いた。

「ぼくも」

自分たちオメガは社会の弱者。しかも嫌われる理由がヒート。相手かまわず誘って腰をくねらせる卑しさから。だから忌み嫌われる生き物。でも。

――――でも。

「ぼくも、ジェラルドが好き」

言葉にして、初めて気づいた。

ぼくはジェラルドのことが。ジェラルドのことが……。

「つがいなんて関係ない。彼とは魂が繋がっているような気がする。それぐらい好き」

テイラー校でのウサギ狩り。初めて声をかけてもらった、あの時。

きらきら光る、なめらかな金の髪。黄金の瞳。最上級生の黒いタイさえも尊く見えた。

一目で魅了された。口をきいたら、もっと魅かれた。

この世の誰より美しい、愛おしいジェラルド。『私のウサギになりなさい』と言われたあの時、顔には出さなかったけれど、ものすごく嬉しかった。

彼の部屋に行けることが誇らしくて、学院中に噂されても心が躍った。抱きしめてもらった時は、天にも昇る気持ちだった。

ぼくはジェラルドのウサギ。

この人に認められた、ウサギのオメガ。

そこまで考えて、いきなり涙が出た。光希を入れたベビークーファンをそっと置いて、そこへしゃがみ込んだ。頭の中に、懐かしいテイラー校の光景がよみがえる。

ウサギ狩りなんて忌まわしい風習が残る学院。狩りの対象にされた時、泣きそうだった。野蛮だと思った。でも、あのウサギ狩りがあったからこそ、彼と出会えた。

ジェラルドに、逢えた。

あの人に出逢えて、優しくされて、抱きしめてもらった。

こんなに誇らしいことがあっただろうか。

とつぜん涙を流した凛久に、手を差しのべてくれたのは一花だ。

「凛久、泣かないで」

心配して自分もしゃがみ込み、凛久の顔を覗き込んでくる彼女に、大丈夫と呟く。

それでも流れる涙は、止まらなかった。

あの人が恋しくて、あの人に逢いたくて。滑稽としか言いようがないとわかっているけど、どうしようもなかった。

「ご、ごめんね。ぼく、わかったんだ。……ジェラルドが好きだって、やっとわかった」

つがいなんて関係ない。理屈でなく本能で彼が好き。光希に対する気持ちと同じぐらい、いや、もっと違う深いところで彼を求めている。

だから公爵令嬢と婚約すると知り、頭が真っ白になった。

光希を身ごもっていると知った時も、ジェラルドの子を殺せないと思った。彼の子供と生きていくと誓った。

「凛久は、ジェラルドを愛しているのね」

静かな一花の声が、心の奥に染み入る。そうだ。自分は、自分は、自分は。

「愛？　そ、そっか」

そう言いながら凛久は愛がなんだか、よくわからない。

凛久にとって愛とは、本や映画でしか見たことがない。作りごとの世界だ。

でも光希が生まれて毎日キスして抱っこして、これが愛だと気がついた。父と母も同じ。亡くなってみてから懐かしく想い、そして愛していると理解する。

「うん。ぼく、……ぼくは、ジェラルドを、愛しているんだ」

「ねぇ凛久。それを英語で言ってみて」

唐突な一花の言葉に戸惑ったが、言われた通り英語で同じ言葉を繰り返した。

「ぼくはジェラルドを愛している……、愛しています」

「もう一度、言ってくれないか」

不意の言葉に顔を上げ、一花を見た。

だが彼女は凛久の背後を見上げ、優しい顔で頷いている。

なんだろうと思って、泣きじゃくった顔でゆるゆると振り返った。すると、そこには信じられない人物が立っている。

「どうか、もう一度だけ言ってください。私の凛久。私だけの、かわいいウサギ」

□□□

「ジェラルド……」

彼は黒のスーツを着て、手にはあふれんばかりの花束を持っていた。何回も部屋に届けられた、あのチョコレート色の薔薇だ。

彼が着ていた背広は、一見、地味な黒い上下だが、その深い黒の布地が濡れたような光沢を持ち、とても垢ぬけた洒脱な一着だった。

その洗練された姿を見て、新たな涙が流れ出す。自分は、なんてみっともないのだろう。こんな姿、彼にだけは見られたくなかった。

彼は上等なスーツが汚れるのも構わず地面に膝をつき、綺麗にプレスされている真っ白なハンカチを差し出した。

「かわいそうに、こんなに泣いて」

そっと凛久の頬を拭われて、思わず身体を引いた。

「どうして逃げるの？」

「ハ、ハンカ、汚れちゃ、う。ハンカチ……」

泣きじゃくりながら必死に言うと、優しく微笑まれる。

「おバカさん。凛久の涙を拭うために、このハンカチがあるんだよ」

その一言に、またしても涙があふれ出る。泣いちゃだめだと思えば思うほど、あふれて止まらない。苦しい。息ができない。

「きみは初めて会った時も、こんなふうに泣いていたね。小さい子供みたいに顔をくしゃくしゃにして涙をこぼして、切ない瞳で私を見ていた」

そう言うと彼は花束を床に置くと、凛久をギュッと抱きしめた。

「ジェラルド……っ」

抱き締められて、憶えのある香りが満ちる。そうだ、彼の香り。

シャンプーと石鹼（せっけん）。それから紅茶の香り。

ずっと大好きだったジェラルドの、匂い。

「探したよ。なぜ連絡が取れなくなったのかわからなくて、実家にも連絡がつかないから直接やってきてしまった」

「ぼく、ぼくもジェラルドに会いたくて……」

そう言った瞬間、ぎゅうっと抱きしめられて、また涙があふれる。

この人は、自分の半分。

魂の半分だ。

どうして離れていられたのか。どうして忘れようとしていたのか、わからない。

「……ところで、こちらのお嬢さんは？」

凛久を抱きしめたままのジェラルドに訊かれて、ようやく一花のことを思い出した。大慌てで身体を起こそうとしたが、立ち上がれない。彼はそんな凛久を見て微笑んだ。

そして改めて一花に向かい、「初めまして」と微笑む。

「私はジェラルド・グロウナー。彼とは同じ学院で学んでいました。お嬢さん、お名前を伺ってもよろしいですか？」

「日下部一花です。この子は娘の花音。凛久とは夫ともども、仲良くさせてもらっています。ジェラルドはアルファですよね」

彼が英語で挨拶すると、驚いたことに一花も同じく英語で挨拶を返す。彼女は一度も、英会話ができると言わなかったが、堪能な語学力だった。

「そうです。一花、あなたはオメガですね」

「ええ、オメガです。おかげで、凛久のことがよくわかります。彼がとても寂しがりやで、頑張りやで、意固地だってことだけですけど」

「十分です。凛久に、こんな素敵なお友達がいるなんて。自分のことのように嬉しい」

「でも友達では彼の不安は消えません。つがいがいないと凛久は、いずれ壊れます」

一花はそう言うと、いまだ座り込んでいる凛久を見た。

「凛久。あなたは不安な気持ちとか悲しかった思いとかを、ジェラルドに伝えなくちゃならないわ。それに光希ちゃんをどうするか、確認しないと」

そう言われて、夢から覚めた気分になる。そうだ。光希を連れていこうとしているのか、ハッキリ訊かないといけない。

しかし。

「ミツキとは、なんのことでしょう？」

その一言に、一花が凛久を見た。彼は光希の存在を知らないのだ。凛久を捜索した時に、調べられなかったようだ。

困ったように首を傾げる彼に、凛久はジェラルドが光希を捜していたのではないことを悟った。何も言わない凛久に業を煮やしたのか、一花はハッキリと言い放つ。

「光希ちゃんは三か月前に生まれた凛久の、そしてあなたの子供です」

「一花！」

一花の言葉は、まるで演劇の舞台に似ている。すごくドラマチックだ。

「私の子？　凛久、どういうことだ」

「あの、あの……っ」

しどろもどろになった凛久は、それでも顔を上げてジェラルドを見た。

しっかりしなくては。不安な気持ちに揺れていてはいけない。

あの子の未来は、いま自分が握っているのも同じなのだ。

「ジェラルド、ぼくは、あなたに謝らなくてはなりません」

懺悔をする人の気持ちが、よくわかった。

自らの咎を聖職者に打ち明けて許してもらうのと、同じぐらい緊張した。

冷や汗が出る。自分の過ちはなんだろう。告白しても、許されることなのか。

自分から謝ると言い出したのに、言葉が出ない。凛久は唇が震えるのを感じた。贖罪したいのか、逃げ出したいのか。

「凛久」

優しい声に顔を上げると、ジェラルドが自分を見つめていた。

「きみを不安にさせたのは、私だ」

「ジェラルド……」

「父上が亡くなられて、言い表せないほど不安だったろう。そばにいてあげられなくて、本当にすまなかった。心から謝罪する」

「ううん、ううん……っ。だって、ぼくが連絡しなかったから、だから」

「連絡できない理由があったからだろう？」

慰めるように言われて、言葉につまった。

あの時、テレビで見た彼の姿に衝撃を受けたからと、言っていいのだろうか。

でも、もう傷つくのを恐れていては駄目だ。

怯えて泣いているだけでは、前には進めない。光希のために。そして、自分のために。

凛久は顔を上げて、正面から愛する人を見つめた。

「ジェラルド。ぼくは三か月前、あなたの子供を産みました」

「……なんてことだ」

呻くように言うと、彼は凛久をきつく抱擁した。

「凛久。きみは私のつがい。そして愛すべき花嫁だ」

花嫁。その一言に凛久と、そしてなぜか一花も固まってしまう。

オメガは、ほとんど社会的地位がない。一花のように結婚し、家庭を築くオメガもいる。だが、それはあまり一般的ではなかった。しかし、彼は続けた。

「もう二度と離さない。私が日本に来たのは、大切なつがいを迎えに来たからだよ」

「つがいって、……ぼく?」

「ほかに誰がいるだろう。愛しい私の凛久」

二人は強く抱きしめ合い、くちづけを交わした。

そばに一花がいるのはわかっていたけれど、止めることはできなかった。

8

「光希です。どうぞ、顔を見てあげて」

改めて凛久の部屋に戻り、光希との顔合わせをしたジェラルドは、さすがに固まっている。それも当然で、妊娠も出産も寝耳に水だったようだ。

「ごめんなさい。いきなりすぎですよね」

「……いや。パパというのは、ものすごく新鮮な言葉だから、驚いただけだよ」

動揺を押し隠そうとしているのが、気の毒になってきた。

白皙の頬が赤く上気しているところを見ると、とんでもなく緊張しているのだ。

確かに英国で別れてから一年足らず。再会して、いきなり父親になるのは驚きだろう。

渦中の光希は闖入者に、「はぅあー」と赤ちゃん特有の溜息をついている。

「この子が、私と凛久の子供なんだね……」

興奮が隠し切れないジェラルドの声が、少しかすれている。

金色の髪と、同じ色の瞳。どこからどう見ても、彼と親子以外の何ものでもない。

「まず、握手しましょうか。それとも一足飛びに、抱っこしてみます？」

一花がそう言って光希を脇の下から抱き上げて、手渡そうとした。だが固まった表情のジェラルドは、顔が青白くなっている。

確かに、とつぜん子供ができたと判明し、いきなり赤ん坊が目の前に現れたのだ。動揺するのも無理はない。

長い時間をかけて生まれてくるのは、お母さんにとっても必要な時間だが、お父さんにとっても必要不可欠な時間なのだなぁと、凛久はしみじみ思った。

「私が触れても、ご機嫌を損ねないだろうか」

立派な紳士が、とんだ及び腰だ。凛久と一花は思わず笑ってしまった。

「嫌がらないし、ご気分を害したらミルクで機嫌を取りますよ。さぁ、どうぞ」

はい、と気軽な感じで赤ちゃんを手渡すと、彼は恐る恐る愛し子を抱き上げる。その手つきは、貴重な美術品に触れるように繊細だった。

「――――なんと愛らしい子だろう。まるで天使だ」

ジェラルドはうっとりと呟いたあと、光希の頬にキスをする。光希はキャッキャと大喜びだ。その笑顔を、彼は目を細めて見つめている。

「ローシアン侯爵家の証、金色の瞳が美しい」

そう言うと凛久を正面から見つめた。

「ありがとう」

「え？」

「この子を産む決断をしてくれて、ありがとう。無事に産んでくれて、ありがとう。ここまで大切にしてくれて、本当にありがとう」

優しい声で言われて、また涙が出そうだった。

こんなふうに喜んでもらえるなんて、想像していなかった。

「たったひとりで子供を産むのは、想像を絶するほどたいへんだったはずだ。何もできなくて、本当にすまなかった」

「何もできなくてって、ぼくが知らせず、勝手に出産を決めたからだもの。ジェラルドに責任はない。謝らないで」

「何度でも謝罪しなくては。父上が亡くなられて、本当につらかったろう。その上、ひとりで子を産もうと決意したきみの強さは、心からの感謝と賞賛に値する」

そう言うと彼は凛久の額にキスをする。先ほど光希にしたものと、変わらないキスだ。

それでも心臓が爆ぜる。

凛久にとってオメガとかアルファは、きっかけにすぎない。

自分は、来栖凛久は、ジェラルドという人が好きなのだ。

そう意識すると、胸が痛くなる。だけど彼は気づいていないらしく、凛久の指先にくちづけてきた。そうされて初めて、指が冷たくなっていたことに気づく。

「すみません。水を差して恐縮ですけど」

そばで様子を見ていた一花が、片手を上げた。ジェラルドと凛久は二人で盛り上がっていたので、ハッと我に戻る。

「い、一花。ごめん、放ったらかしで」

凛久が思わず謝ると、一花は肩を竦めて「いいわよ」と言った。その声は、確かに怒ってはいないが、呆れを含んでいるように聞こえた。そしてジェラルドから光希を受け取ってクーファンに寝かせ、彼に向き直って言った。

「私が訊きたいのは、すべての誤解の元凶であるジェラルドと公爵令嬢の婚約です。あの婚約は、本当の話ですか？　凛久に対するあなたの態度を見ていると、とても婚約したように思えないんですが」

凛久の顔色が、一瞬で蒼ざめる。そうだ。あの婚約の話は、どうなったのか。

「公爵令嬢との婚約とは、なんの話でしょう」

当惑しているジェラルドの表情を見て、一花はイヤな予感がするといった顔をした。

「順序だてて説明します。凛久はテレビで『世界の貴公子』という特集を見たそうです。そこで、あなたが婚約したと聞いてショックを受けたそうですが」

「私が婚約？　どこの令嬢と婚約したというのですか」

真剣な態度に、凛久は小さな声で「ラトランド公爵家のお嬢さまだって……」と呟く。

すると、ジェラルドはぷっと噴き出した。

「あの……？」

「リアーラ・マナーズは、確かにラトランド公爵令嬢で、私とも幼馴染だし家族ともにつき合いがあります。だけど、婚約はあり得ない。彼女は来春、嫁ぐことが決っている」

「えぇっ？」

「それに、『世界の貴公子』なんて特集も、私は知らない。おおかた適当に盗み撮りした映像を繋ぎ合わせたものじゃないかな。パパラッチの動画版だ」

素っ頓狂な声を上げたのは凛久と、それから一花だった。

「凛久。ちょっと、どういうこと」

「どういうことって、あの……」

「あなた確証もなしにテレビでやってた番組を見て傷ついて、ひとりで出産を決めて、苦労していたってワケ？　信じられない。あり得ないわ！」

この怒りは当然だが、怒気に押されて、凛久は何も言えなくなってしまった。

オロオロしていると、ジェラルドにギュッと抱きしめられる。

「ジェラルド……」

「父上のことでショックを受けた時に、私が婚約したと勘違いをしたなら、とても傷ついてしまったんだ。一花、怒らないであげてください。お怒りは、すべて私に」

この甘ったるい言葉に呆れたのは、一花だ。

「ジェラルド。あなたが凛久を溺愛しているのは、よーくわかりました。でも、この早トチリさんを、いつまでも甘やかしてはダメです！」

その声に驚いたのか、光希が「ふやぁ～ん」と声を出す。つられて花音も「うぅあ」と言い出して、一花の怒りが萎んでしまった。

「……もう、あとは二人で話し合ってください。私は帰ります」

一花はそう言うと花音を抱っこし直し、そして光希の寝ているベビークーファンをグッと握って持ち上げた。

「ど、どうするの？　光希をどこに連れていくの？」

「あなた方は、ちゃんと話し合って誤解を解いて、仲直りをして。その場に赤ちゃんがいたら話が進まないし、放っておかれるのもかわいそうだから、うちに泊まらせます」

「そ、そんな、無茶だよ。光希は三か月だよ。お泊まりなんてできないよ。それに、一花ひとりで子供二人も持てるわけがないって！」

「一児の母親を舐めないで。子供二人ぐらい持てますよ。凛久は明日、落ち着いたら我が家に光希ちゃんを迎えに来てちょうだい」

驚いたことに一花はそのまま歩き出そうとする。だが。

「いけません」

スッと長い腕が差し出され、一花を止めたのはジェラルドだった。

一花は思いつめた表情で顔を上げ、凜久とジェラルドを見据えた。

「私は二人の邪魔をするのがイヤです。あとは部外者がいないほうがいいでしょう?」

「部外者ではありません。一花がいてくれたおかげで、凜久はどれほど救われ、気持ちが安らいだでしょう。感謝してもしきれません。ありがとう。本当にありがとう」

この意外な一言に、一花は目をパチクリさせる。

「は、はぁ……」

「礼にもなりませんが、お送りさせてください。すぐそこに車を停めています。それに乗ってお帰りになるぐらいは、いいでしょう? 小さな子が二人もいるのですから」

その提案で、さっき見た駐車場を思い出した。こんな住宅地に不似合いの、黒塗りのリムジン。ジェラルドが乗ってきたのか。

さすがに一花も否やはないらしい。殊勝に頷いた。

彼が車に向かって手を上げると、すぐに運転手席から男性が降りてくる。きちんと制服を着た、ショーファーだ。

「お呼びでございますか」

「ああ、すまないが彼女をご自宅までお送りしてくれ。小さい子と赤ん坊がいる。くれぐれも丁寧に頼む」

「かしこまりました」

彼は一礼すると後部座席のドアを開け、まず一花と花音を乗せる。それからシートにベビークーファンを乗せると、ベルトでシートに固定した。

「凛久、光希ちゃんは任せて。ちゃんと面倒をみるから」

「う、うん……。あ、ちょっと待って！」

凛久はものすごい勢いで走って自室に戻ると、大きな箱に光希の粉ミルクと着替えとオムツ、光希ご愛用のブランケットとガラガラなどを突っ込んで戻ってきた。

「こ、これ！　いらないかもしれないけど、持っていって！」

その早業に一花だけでなく、ジェラルドも笑った。

「すごい。光希ちゃんセットね。お預かりします」

運転手が車に乗り込む時、ジェラルドが「ああ、そうだ」と声をかけた。

「これから話し合いで時間がかかるから、戻らなくていいよ。明朝、連絡をする」

「かしこまりました」

彼は再度、一礼してから車を発進させて、静かに走り出した。

まだ三か月の赤ん坊を、一晩とはいえ預けるのが不安だった。だが、すぐに一花は自分なんかより要領もよく、何より母親なのだと納得する。

「素敵な女性だね」

並んで車を見送っていたジェラルドがそう言うと、凛久の肩を抱いた。

「話すことが、たくさんある」

低い声で囁かれて、胸の鼓動が跳ね上がる。

「まさか父上の件で帰国していたきみが、テレビ局が捏造(ねつぞう)した番組を見て誤解をするなんて、想像もしていなかった」

凛久の迂闊さを責められて、顔が真っ赤になっているのが、自分でもわかった。

部屋に戻る際、凛久はジェラルドが地面に置いたままだった薔薇を拾い上げた。

「拾わなくていいのに」

「ううん、だめ。だってジェラルドが、ぼくのために用意してくれた薔薇だもの。ぜったいに持っていくからね。そういえば、ドアノブに吊るしたぼくの手紙は日本語で書いたのに、よく読めたね」

そう言うと彼は意外そうな顔をする。

「ホテルのコンシェルジュに読んでもらった」

あっさりした返事に、笑ってしまった。

「知らない人間から花を贈られるのは、嫌だった?」

「嫌っていうか、何が言いたいのかわからなくて、不安だった。でもね」

部屋の鍵を開けて扉を開くと、すぐそばに設置されたミニキッチンが目に入る。そのシンクの上に、いくつものコップに挿し込まれた薔薇の花があった。

「これは……」

「お花が綺麗だったから、つい水に挿しちゃった。誰がくれたのかわからないから、ちょっと怖かったけど、捨てなくてよかった」

次の瞬間、ぐっと抱きしめられ玄関に連れ込まれた。そして彼は腕を伸ばしてドアを閉めると、いきなり唇を塞いでくる。

「ジェラルド、ジェラルド……」

情熱的に貪られて、頭がクラクラする。

ジェラルドは吐息とともに唇を離すと、甘い声で囁いた。

「凛久、約束してくれないか」

「え?」

「何かあったら、自分ひとりで結論を出さないで。どんなことでも、私に訊きなさい。きみが、ひとりで哀しみ苦しんでいたのだと思うと、胸が張り裂けそうだ」

「ごめんなさい……」

確かに離れていても、ジェラルドに電話をして確認すればいいだけだった。

あの女性は誰なのか、結婚するという話は本当なのか。ほんの数秒で済む確認を怖がったために、意味のない辛酸を舐めてしまった。

素直に謝った凛久を、彼は強く抱きしめた。厚い胸板に頬を寄せて、しばらくうっとりとする。しかし、いきなり我に返った。

「あ、でもね」

「今度は、何が不安なの？」

「不安っていうか、ぼくジェラルドの携帯も、家の電話番号も知らないもん」

これにはジェラルド自身が言葉を失っている。

「教えてなかった？」

「うん」

「いや、しかし、ちょっと調べればわかるものだが」

「知らないことに気づいたのは日本に戻ってからだし、それに、どうやって調べるの？　電話帳に載っているのはグロウナーさんち？　それともローシアン侯爵さんち？」

たくさんのハテナの羅列に、とうとう彼は絶句してしまった。

「……確かに非公開扱いにしているだろうな」

世界に名だたる名士だ。公開しないのは、当然だろう。

「私のミスだ。連絡先がわからず不安ばかりがあおられて、苦しかっただろう」

「ううん。苦しくなんかないよ。ただ」

「ただ？　どうしたの」

こんなふうに優しくされると、ずっと自分が悲しかったのだと気づいた。

妊娠が発覚した時から、つねに不安な思いに押しつぶされそうになっていた。だけど、この一言で、すべてが消えてしまうと思った瞬間。

「あ、あれ？」

自分の頬を転がり落ちたのが涙だと気づくのに、数秒かかった。まさか話をしているだけで、泣くなんて思わなかったからだ。

「凛久……っ」

長い腕が凛久を抱きしめるが、その力の強さに凛久がきゅうと息を吐いた。ジェラルドが慌てて身体を離し、髪を撫でてくれる。

「ああ、ごめんね。苦しかったろう。そういえば、……ミツキ。あの子の名前は、どういう意味？　日本人は文字の一つひとつに意味があるんだろう？」

そう訊ねられて、ちょっと照れくさいけれど教えることにする。

「光、それに希望」

「光と希望？」

少し考えている彼に、凛久は丁寧に説明をした。

「光希のミツは光。キは希望のキ」

赤ん坊が生まれて心細かった時、凛久が欲しかったもの。

光と希望を、どれだけ切望しただろう。

「どんな時も光を失わない。苦しい時こそ顔を上げて、希望を持つ。そんな子に育ってほしくて、ぼくが名づけました」

光希が生まれた時。凛久は何も持っていなかった。

家族も、家も、この子の父親さえも、何もなかった。

だけど絶望だけはしない。光を見て顔を上げ、希望を抱く。それは、我が子にそうあってほしいという気持ちと、凛久自身の願いだった。

抱きしめられている腕の力が、強くなる。顔を上げると、彼は涙ぐんでいた。

「光、希望……。なんて美しい名前だろう」

「ジェラルドの子だから、きっと光に満ちた人生になる。この子はアルファだもの」

「私ときみの、大切なエンジェルだ。それに、アルファもオメガもベータも関係ない」

心外そうに彼は言うと、さらに凛久を抱きしめる力が強くなる。

『アルファもオメガも、ベータも関係ない』その言葉を聞いて、胸の奥が熱くなる。

亡くなった父も、凛久がオメガであろうと関係なく愛してくれた。お互い意地を張っていたから素直になれなかったけれど、ちゃんと愛はあった。

「あ、あのね、ちょっと苦しい……」

そう訴えたが、抱きしめる腕の力は緩まない。苦しいけど抱きしめられていると、愛しさがこみあげてくる。赤ちゃんと一緒だ。

思わず背中に手を回して、軽くポンポン叩いた。

彼のように立派な人が、こんな姿を見せるなんて。

こんなふうに甘えてくれるのは、自分にだけだろうか。だとしたら、すごく嬉しい。

一年近く行方がわからなかった凛久を探すのに、彼も不安だったと胸に迫る。

凛久の思い込みは、大切な人を苦しめてきたのだ。

「ジェラルド、ごめんなさい」

凛久が謝ると、彼は意外そうな顔をした。

「何を謝るの？　笑っておくれ。凛久が幸福そうな顔をしていたら、それは伝染する。悲しい感情よりも笑顔のほうが、ずっと素敵だ」

その言葉を聞いて、また涙があふれてくる。それをこらえて、笑顔を浮かべた。

「そういえば、あのお花……」

涙を誤魔化すために、無理やり生けてある薔薇に視線を移した。

「これは高いわよって一花が言ってた。あんなにたくさん、もらっていいの？」

「確かに高価な品種だが、きみへ贈りたくて当家から空輸させたんだ」

「空輸？　って、英国から、わざわざ？」

驚いている凜久を見て、彼は面映ゆそうな顔をしている。

「前に薔薇の話をした時、私が言ったことを憶えている？」

「薔薇の話？　……えぇと、家がお城で、スケートができる噴水があって、それから薔薇の温室があって、ってところは憶えているけど」

「噴水でスケートする話のほうが、印象に残ったか。しまったな」

予想外だったらしく、ジェラルドはおかしそうに笑った。

「あの時、私が言いたかったのはスケートの話じゃない。愛する人に想いを伝える時は、温室の薔薇を百本贈るといったことだ」

「え……、でも、どうして最初は一本ずつ部屋の前に置いていたの？」

その疑問に、彼は困った顔をする。

「不安だったから」

その一言に、凜久は固まった。胸が締めつけられる思いだったからだ。

『怖かったから』

一花に、どうしてジェラルドに真実を問わなかったのと訊かれた時、凜久が答えたのと同じだった。

怖かった。そして不安だった。

自分も同じ。真実を知るのがイヤだった。だから逃げ回って、このザマだ。

凛久は何も言わず、ジェラルドを抱きしめる。

「じゃあ、誰に頼んで花を運んでもらっていたの？」

「誰に頼むって、私だよ」

「ええ？」

彼が花を一輪ずつ運んだというのか。それも、毎日？

「ど、どうしてそんな……」

啞然として彼を見上げると、楽しそうな顔と目が合った。

「そんなの当然だろう。愛する人に花を贈ろうというのに、誰か使いの者を頼むなんて邪道だ。私の父はね、二十歳の時に十三歳だった母と出会い、一目で恋に堕ちた。それから三年間、毎日ずっと薔薇の花を贈り続けたんだ。私はその人の息子だよ」

そう言いながら、ジェラルドは凛久の額にキスをした。そして身体を離すとテーブルに生けてあった一輪の薔薇を引き抜き、凛久の足元に片膝をついて見上げてくる。

「ジェラルド……」

「私が慈しんで育てた薔薇を、あなたに贈る。凛久、どうか私とともに生きてください」

いつも凛久を「きみ」と呼んでいた彼が改めて、あなたと言う。

美しい金色の瞳が、真摯な光を湛えていた。

「愛する人に求婚する時、当家の薔薇を贈ると心に決めていた。百本の薔薇は愛の証だ」

ほかの人が言ったら、たぶん笑ってしまうぐらい芝居がかった台詞だ。

だけどほかの誰でもない、唯一無二の人が言うこの一言は、凛久の胸を強く打った。

この人と、一緒にいたい。

たとえ誰に笑われてもいい。ただ、そばにいたい。

この人とともに人生を歩みたい。いつか尽きてしまう命。それならば、添い遂げたい。

愛の証。

「ありがとうございます、ジェラルド」

差し出された薔薇の花を受け取り、身を屈めてジェラルドの頬にキスをした。

ジェラルドは少し眉をひそめ、何かを堪えているような表情をしていた。

そんな彼が愛おしくて、仕方がない。

「きみは私にとってオメガなどという枠を超えて、大切な人だ。ありがとう。そばにいてくれて、ありがとう。……生まれてきてくれて、本当にありがとう」

9

「凛久、力を緩めてごらん」

部屋の床の上でジェラルドを受け入れているうちに、身体中がこわばっていた。優しい声で囁かれて涙の滲んだ瞳をそっと開くと、彼が自分を見つめている。

彼に抱きしめられて、そのまま床に寝かされた。

驚いている凛久の服を、ジェラルドは容赦なく剝いでいく。そして身体を覆う布地をすべて脱がせてしまうと、自分はジャケットだけ脱いで床に放り投げる。素肌に彼のシャツが触れて、ひんやりした。

「ジェラルドも、ぬ、脱いで……」

自分だけ裸なのが恥ずかしくて、小さな声で懇願する。だが彼は口元に笑みを浮かべながら、首を横に振った。

「私の花嫁の艶姿(あですがた)を、ゆっくりと見たい。服を脱ぐのも惜しいぐらいだ」

そう言って凛久の身体へと侵入を果たしてしまった。

ヒートでない状態でジェラルドを受け入れるのは、初めてだった。ものすごく大きい。

「……っ、は、はいった？　もう、おくまで、はいったの……」

頼りない声で返し、その声の幼さに驚いた。ジェラルドは口元に苦笑を浮かべている。

「手を貸してごらん」

震える指先を導かれ、挿入されているジェラルドの性器に触れると、まだ半分も体内におさめられていない。こんなに深々と貫かれているのに。

「あ、やだぁ……」

そう呟いたとたん耳殻を噛まれ、頬が薔薇色に染まる。

「これじゃ足りない。もっと深くまで受け入れておくれ」

そう囁かれて泣きそうになった瞬間、ジェラルドが凛久の両肩を抱きしめて一気に奥まで性器が突き上げてくる。

「ああ……っ！」

背を思いきりのけ反らせると強く抱きしめられて、身動きひとつ取れない。目を見開いたまま唇を開けると、すぐに彼に塞がれる。

「ん、んん……っ！」

身体中のすべてが、ジェラルドに征服されていた。大きすぎる性器が苦しくて涙をこぼしても、彼は容赦してくれなかった。

それどころか、ゆっくりと腰を捻じ込んで、凛久の中をかき回してくる。思わず喉奥から、細い悲鳴が漏れた。

それは自分とは思えないほど、甘くて淫靡(いんび)な嬌声だった。

「あぁっ、あ、あ、やぁ、や、らぁ……っ」

いやらしい声が上がると、さらに卑猥な水音が響いた。身体の奥から濡れているのが、自分でもわかる。その露骨な音は、止まることがない。

そう、凛久は男を受け入れて、――――濡れていた。

くり返される抽挿が身体だけでなく、凛久の心も蕩けさせる。

「……ジェラルド……、ジェラルド……っ！」

いやらしく身体を動かし足を絡ませていると、腰が勝手に動きだす。

大きな性器を悦んで受け入れているのが、自分でもわかって恥ずかしい。だけど、愛撫に慣れた身体は止められなかった。

ヒートの時は理性も溶けているから、当たり前のことだ。だけど、大きく足を開いて男を受け入れている自分が、とても恥ずかしい。

恥ずかしくて、それがすごくよかった。

身体の奥が痺れるみたいになって、もっともっとと淫らになる。

もっと欲しい。もっと突き上げて。もっと深くして。

発情期でないのに、淫らに男を受け入れて悦んでいる自分は、獣だと思った。

でも、もっともっとメチャクチャにされたい。いやらしく弄ってほしい。

それと同じぐらい、優しく抱きしめてほしかった。

抱きしめてキスして、子供みたいに無邪気に抱きついてみたかった。

矛盾している。彼に求めているのが情欲なのか、父性なのか、それすらもわからない。

「凛久」

名を呼ばれ、ハッと気づいて目を開く。涙でぼやけた瞳に映るのは、少し眉を寄せた表情で自分を見つめているジェラルドの顔だった。

「ジェラルド……」

「深く挿れてしまった。痛みはない？」

場違いなほど優しい、気遣う言葉。

凛久は頬に添えられた彼の手の平に唇をつけ、小さなキスをした。

つがい。つがいとは、なんだろう。

ジェラルドを愛おしいと思う気持ちは、つがいなんて言葉ではくくれない。可愛い光希を愛するのとは違う次元で、同じ愛情で、この人を愛している。

「ジェラルド、すき……」

囁くように言うと、彼は目を細めて凛久を見つめた。

「私もだ」

「あのね、すきなの。すごく、すき。あいしてる……」

「わかっているよ。私のウサギ。私のすべて」

ジェラルドはそう言って、凛久の涙をキスで拭った。

その優しい感触に、また身体が蕩ける。ずっと不安だったのが嘘のようだ。

安堵を憶えたとたん、身体の奥がまた濡れた。洪水みたいに、いやらしく溢れた。

「……また濡れたね」

低い声で囁かれて、ビクッと震える。感じていることが、なぜだか恥ずかしかったから
だ。でも、凛久は彼の身体を強く抱きしめる。

場違いにも、一花の言葉がよみがえったからだ。

『当たり前じゃない。私は孝司さんのこと好きよ。大好き。愛しているわ。彼の子である
花音を産めて、本当に幸せだと思っている。誰にだって宣言してみせるわよ！』

そう、自分もジェラルドが好き。だいすき。愛している。

ならばこの気持ちを、彼に伝えたい。たくさん抱きしめてほしい。

「ジェラルド……」

「ん？」

「あの、あのね。ヒートじゃないけど、でも、ぼく、ぼく赤ちゃんが欲しい」

「凛久……」

「できなくてもいいから、だから、だから種をちょうだい。ぼくの中に、たくさん出して。い、いやらしくするから、もっと種をください……っ」

淫らすぎる自分の言葉に、頰が真っ赤になる。どれだけ飢えているのかと笑われても、おかしくない言葉だ。

彼は慈愛に満ちた眼差しで凛久を見つめると、手を取って指先にキスをした。

「いくらでもあげる」

低い声に、凛久は身体を震わせる。おかしなぐらい、感じていた。

「ずっと不安にさせて、ごめんね。私には、きみだけだ」

そう言うとジェラルドは、ゆっくりと身体を動かした。蜜壺をスプーンでかき回すような、そんな濡れた音が響く。

「こうやって触れていると、不安でなくなるだろう?」

「うん、……うん」

凛久の気持ちを感じ取ってくれている彼は、何度も甘いくちづけをくり返してくれた。

そうやって凛久の身体と心を抱きしめながら、ジェラルドは深いくちづけを何度もくり返す。

キスのたびに、壊れた心が再生するのを感じた。

彼が腰を突き上げるたびに、濃密な匂いが部屋に満ちる。それが不思議だった。

（どうして、ヒートの匂いがするんだろう。発情期じゃないのに。ああ、でも気持ちがいい。頭が蕩けそう）

それに、どうして濡れるのかわからない。自分がいやらしいから、こんな濃厚な蜜があふれるのだろうか。

冷静に考えていられるのは、そこまでだった。いきなりビクッと身体が震える。固く張りつめたジェラルドの性器が、容赦なく突き上げてくる。たまらない痛痒感と、ぬるぬる濡れた快感が襲ってきた。

「あ、……あぁ、あ、あああ……っ、あぁ————……っ」

ヒートの時と同じ、いや、それ以上の快感に押しつぶされそうになった。

数秒前まで赤ちゃんが欲しいと思っていた崇高な思いは消し飛び、彼が与えてくれる淫猥な快楽に身体が蠢いた。

彼は麻薬みたいに凛久の身体を虜にしていた。

「すごいな……」

溜息のようにジェラルドが囁いた。彼も感じているのだと思うと、嬉しくて仕方がない。

「きもち、いい……？　ジェラルド、きもち、いい？」

「すばらしいよ。最高だ」

必死の思いで問いかける。二人でもっと、高いところに行きたい。

昇りつめて、うんと高いところまで昇って、そこから墜落したい。

愛しいアルファ。自分だけの、英国紳士。

いつの間にか凛久の唇から、高い声がこぼれて止まらない。そのたびに彼は、ゆっくりと深く穿ってくる。神経の束を抉られるみたいな快感だった。

凛久は呂律が回らないまま淫らに悶え、挿入されたジェラルドの性器を泣きながらきつく締めつける。

たまらない陶酔が襲ってきて、頭がおかしくなりそうだった。

反り返った男の性器が、容赦なく自分の中を抉っていく。品のいい彼に不似合いな大きな雁首が淫らに体内を突き上げてくる。

たまらなかった。

「あ、あ、あ、んん……っ、ああ、い、いい、いい……、あぁあ……っ」

呂律が回らないまま泣きながら男の性器を締めつけている。淫らすぎる自分への恐れと、背中合わせの陶酔。

「奥、奥をぐちゅぐちゅってして。もっとかき回してぇ……」

耳を塞ぎたくなる生々しい自分のおねだりに、凛久は頭がおかしくなりそうだった。

「いい子だ。ちゃんと奥まで私を飲み込んでいるよ」

優しい声で答えられて、心が緩む。

いやらしくても、嫌われていない。ジェラルドは受け止めてくれる。その安堵感は凛久から恐れを拭い去り、さらなる蜜を溢れさせた。

「あぁ、あぁ、……っ」

ぬかるんだ内壁を、さらに強く擦り上げられて甘い声がこぼれる。

「あ。あ。すごい。いい、いい、いい、死んじゃう、死んじゃうぅぅ……っ」

すごい。すごい。すごい。すごい。

極彩色の光が、オーロラのように目の前に降りてくる。きらきらした光を捕まえようとして手を伸ばしても、けして届かない。

「ひぁあ……っ」

また気が遠くなる。何もわからなくなる。

恍惚としながら、無意識に彼の性器を締め上げた。とたんに息を吸い込む気配がする。

「男を翻弄(ほんろう)するとは、悪い子だ」

低く呻くような声がして、ジェラルドは凛久の太腿を両脇に抱え込む。そして、また深々と突き上げてきた。

やめて。とけちゃう。とけちゃうよ。

「やぁ――……あ、あ、ぁあ……――っ」

挿入しながら、彼は大きな手で両方の臀(しり)を強く揉んでくる。思いもかけなかった痺れが体中に走った瞬間、凛久は達してしまった。

「あ、あ、やぁあ……っ、……ん、ん、……」

ジェラルドの引き締まった腹に、白濁が飛び散る。彼を汚したとわかっているのに、陶酔は止まらない。

「かわいい。なんて可愛いんだろう。凛久、私もいくよ」

快感を堪えていた彼が、絶え入るように囁き、ふたたび穿ってくる。

射精でとろとろになっていた凛久は、力ない声を上げた。

もっと。もっと、もっと、もっと。

奥に入って。深く入って。そして種をちょうだい。きれいな子供の種をください。

「気持ちいいんだね。こんなに溢れさせて。中が蠢いている。ああ、たまらないな」

ジェラルドはそう囁くと、何度も抽挿をくり返した。太い先端で内部を抉られて、蜜がかき回される。ものすごく気持ちいい。

「すき、すき、すきぃ……っ」

熱く甘い声が、ひっきりなしに洩れる。何度も遂情したのに、性器の先端からは蜜がとろとろと流れ出していた。

「凛久、いくよ。中に出すから受け止めてくれ。私の種を植えつけてくれ……っ」

凛久が喉をのけ反らせて、ふたたび達した。彼はそのさまを見届け、精液を吐き出す。

「ああ、ああ、ああ……っ」

おびただしい量の白濁が凛久の身体に放出された。それを逃したくないというように、体内が蠕動する。強く凛久を抱きしめていたジェラルドも、一瞬ぶるっと震えたあと滾ったものを最奥へと注ぎ込んだ。

きもちいい。

すごく、きもちいい。

身体の中に、ジェラルドの体液が染みていく。うっとりとその感覚に溺れた。

彼は放出を終えると内壁に擦りつけるようにして、ゆっくりと腰を捻じ込んでから引き抜いた。ぬるりとした感覚に凛久は痙攣みたいに震えた。

「ふ、……う、ふ……」

性器が抜かれても、なお貪欲に身体は蠢いている。貪婪なざわめきが恥ずかしくて身体を捩ろうとすると、抱きしめるジェラルドの力が強くなった。

「……愛しているよ。私の凛久」

深くくちづけられ、何度も髪を撫でてもらう。キスは唇から瞼や鼻の頭にまでされた。くすぐったくて、つい笑ってしまった。

「笑ったね。可愛い」

そう言われて恥ずかしくなり、彼の胸に顔を伏せた。

広い胸に頬を寄せていると、あっという間に眠りの波へと引きずり込まれた。

こんなに穏やかな気持ちで眠りにつくのは、どれぐらい久しぶりだろう。

ウトウトしながらそんなことを考え、夢見心地で小さく呟く。

「ジェラルド、……すき」

そう言ったあと、ふんわりと髪をかき上げられた。

「私もだよ」

そう優しく囁かれたのを、凜久は聞くことはできなかったけれど。

英国に戻ることを決めた凛久は、日下部と一花、それに花音と一時別れることとなる。

一花はとても淋しがり、目に涙を浮かべている。けれど、次の夏の休暇には英国を訪れてくれると約束してくれた。

「凛久は孝司さんの弟だもん。一生、何があっても変わらないわ。ずっと一緒よ」

その言葉に感激して、凛久はとうとう泣きだしてしまった。

英国に戻り、復学も考えた。しかし、光希に淋しい思いを絶対にさせられない。それは母親がいなくて切なかった凛久自身の幼い頃の思い出があったからだ。凛久は光希の世話に明け暮れた。それでも毎日のように来る一花からのメールに心が温まる。

「今度のクリスマスは、三人で来てくれるって。光希、花音ちゃんに逢えるよ！」

パソコンを見ながら、小さな王子さま光希に話しかけた。

「王子さまに捕まえられたウサギはかわいい仔ウサギと一緒に、王子さまのお城に住むことになりました」

そう言うと隣に座ったジェラルドが、違うよと笑う。

「ウサギに囚われた哀れな奴隷は、愛するウサギに尽くすことを誓いました。もちろん世界で一番かわいい仔ウサギも同様に愛し続けると誓います。だって、この子は光と希望に満ちた子供なんだから」

そう囁いてキスを交わした。

凛久はくちづけされながら、「光希のミの字はミルクのミー」などと歌っていたことは、当分ナイショにしておこうと思った。

ウサギのオメガと夜会の紳士

「凛久、こちらだよ」

ジェラルドの声が遠くに聞こえる。自分が今いる場所が、不思議すぎるからだ。

きらめくシャンデリア。美しい銀器。ホールで演奏されているのは、カルテットの優雅なワルツだ。

その音楽に乗せて、紳士淑女たちが笑いさざめきながら、音楽とダンスを楽しんでいる。

そして目の前には、黒のタキシードを着こなしたジェラルドが、こちらに向かって手を差しのべている。

凛久の生活とは、まるで無縁の雅やかな世界。

(……異次元って、こういうことを言うのかな)

日々かつかつの暮らしが当たり前になっていた凛久にとって、目の前でくり広げられる典雅な空間は、まさに異世界と呼ぶにふさわしかった。

□□□

ジェラルドに誘われたのは、日本の旧財閥のお屋敷だという。

「内輪を招いた身内の、ささやかな集まりらしい。ドレスコードは正装だけど、そんなに身構えなくてもいいだろう。凜久、よかったら行ってみない?」

金で箔押しされた招待状は、ジェラルド・グロウナー宛のもの。

英国ローシアン侯爵家の嫡男である彼にとっては、へんてつもない招待状だろう。凜久は裕福な家で育ったとはいえ、夜会なんかには縁遠かった。

「うーん、どう見ても、ささやかな集まりに見えない……。ぼく光希もいるし、正装で参加しなくちゃいけないのって気づまりだし、そもそも正装なんて持ち合わせていない」

のらりくらりと逃げを打つ。要するに、面倒なのだ。

だが、そばでお茶を飲んでいた一花が子守りを立候補してしまった。

「光希ちゃんなら、また預かるわよー」

「えー、でもさー」

「だって四方邸で夜会なんて、めったにない機会じゃない。行ってらっしゃいよ。それで、どんな人たちが招待されていたか、あとで教えて」

「野次馬だ」

そんな気楽な一言で、一花は赤ん坊をお泊まりさせてくれるという。

「でも、まだまだ夜泣きもするから、泊まるのはたいへんだよ」

そう凜久が辞退しようとすると、彼女は満面の笑みを浮かべた。

「うーん、初めてお泊まりした時は、正直どうかなって思ったのね。でも、花音と楽しく遊んでくれたおかげか、二人とも朝までグッスリだったの！」

母は強い。自分は赤ちゃん二人なんて、想像もつかない。

「一花はすごいなぁー。もし光希と花音ちゃんが揃って夜泣きしたら、ぼくも一緒になって泣きそう。ううん、泣く」

そう言ったら彼女はまた笑った。

「新米ママは、まだ慣れてないからね。でも、一年経てば楽勝よ。いい見本が私。我ながら母は強しって思うもの」

彼女は凛久とジェラルドをとても応援してくれている。なぜかというと。

「だって、凛久にはジェラルドが必要じゃない。彼にとっても凛久は必要不可欠だし。理想のつがいよ！　なら、応援しなくっちゃ。私、凛久には幸せでいてほしいの」

「……はぁ」

「凛久はね、誰か守ってくれる人が必要よ。凛久は、心哀しいからね」

「うらがなしい？」

ずいぶんと古典的な表現を使われると思っていると、日本語で会話をしているのが気になったのか、ジェラルドが話に入ってくる。

「楽しそうだね。私も仲間に入れてくれるかな」

「ごめんなさい。光希は私が面倒を見るから、どうぞ二人で夜会を楽しんできてって言っていたところなの。心配はいらないわ。一晩うちにお泊まりでいいわね」

ちゃっちゃか話を取りまとめた一花に、凛久は唖然（あぜん）としてしまう。

こんなに見た目は可愛（かわい）い女性なのに。母は強しというよりも、一花は強かった。

□□□

そんな会話があった、翌日。今日はその夜会の日だ。

けっきょく出席を余儀なくされてしまったが、それでも英国に引っ越しするための荷物を黙々とまとめていた。光希も一花の家で預かってもらったので、割れ物なども遠慮なく広げることができて、作業が楽だ。

そんな凛久のアパートメントに、見知らぬ老人がやってきた。背が高い痩軀（そうく）の男は、聞けば銀座（ぎんざ）で半世紀近くテーラーを営んでいるという。

「ご挨拶が遅れました。テーラー鏑木（かぶらき）の店主、鏑木と申します」

老齢ではあるが、背筋が伸びて、かくしゃくとした人だ。それにテーラーなんて生まれて初めて接する業種の人に、思わず緊張してしまった。

「あの、部屋をお間違えです。うちは仕立て屋さんなんて、頼むお金がありません」

「お代はグロウナーさまから頂戴しておりますので。失礼して、よろしゅうございますか」

（グロウナー……、ジェラルドだ）

老人はそう言うとサッサと部屋の中に上がり込み、いくつものガーメントケースを床に置いた。そのキビキビした動きは、年配のものではない。

不穏な表情を浮かべている凛久に、彼は懐から名刺を取り出して手渡してくる。

「グロウナーさまから、来栖さまのタキシードをご用意するよう申しつかりました」

「タキシード？」

「今夜は四方さまご主催の夜会と伺っております。本来わたくしどもはテーラーでございますので、寸法をお計りして一からお仕立ていたしますのが筋。ですが、急のお話ですので仕立て上がりをご用意いたしました」

先ほどジェラルドが電話をしながら部屋を出ていったのはこれだ。凛久にタキシードを着せようという魂胆だったのだ。

「さっきも言いましたけれど、ぼくお金がないからタキシードなんて買えません」

このボロアパートメントに住む人間が、銀座のテーラーの礼服など買えようか。

必死で言ったが、老人には通じていない。ほ、ほ、ほ、と笑ったあと、厳しい顔になる。

「先ほど申し上げましたが、お代はグロウナーさまから頂戴いたしております」

有無を言わせぬ言葉の応酬に、頭を抱えたくなった。見ず知らずの旧財閥のお屋敷に行くのも気が重いのに、その上タキシードを着ろというのだ。

（……お金がある人って、時に変なことをするんだな）

「ジェラルドが今夜のために、手配したってことなんですね」

「はい。それでは、持って参りましたタキシードをお召しください。どちらへお出になられてもよろしいよう、誠心誠意の仕事をさせていただきますので」

鏑木の言葉に嘘（うそ）はなく、凛久は何着か試着をさせられた。そして数ある礼服の中から、ミッドナイトブルーの一着が選ばれる。

「黒より、このお色が肌によく映えられます。裾と袖丈をすぐにお直しいたしましょう。申し訳ございませんが、お部屋を使わせてくださいませんか。時間がございませんので」

「は、はい」

迫力に負けて、思わず返事をしてしまう。鏑木には、有無を言わせない気迫があるのだ。

彼は畳に座り込むと、とんでもない早業で針を使い、あっという間に仕立て直してしまった。そして、すぐに試着を促し微調整を施す。

「プリーテッド・ブザムの白いシャツを、着用しなくてはなりません。タキシードにはブラックタイを着用しなくてはなりませんし、ベスト、またはカマーベスト、またはカマーバンドを着用しなくてはなりません」

「しなくてはなりません、しなくてはなりませんって、そんなに決まりがあるんですか」

勇気を出して言ってみると、鏑木が厳しい声で「左様でございます」と言いきった。

「必ず守らなくてはならない細かい決まりごとが、いくつもございます。礼服は紳士の嗜みですから。さぁ、まだ靴とスタッズとカフスとサスペンダーと靴下がございます。ぐずぐずしていているお時間はございませんよ」

鏑木の目が妖しく光る。凛久は今ここで抵抗でもしようものなら、殺されても不思議はないと思った。

□□□

「ビューティフル……」

タキシードを着た凛久を見た瞬間、ジェラルドは溜息のような声で囁いた。

ピークド・ラペルとも呼ばれる剣襟。美しい光沢を見せるミッドナイトブルーの、カシミアの上衣。ベスト代わりのカマーバンド。凛々しい側章は、テイルコートなら二本だがタキシードだから一本。それが小さな紳士には相応しかった。

「今回はお時間がないのでタキシードでございますが、次の機会にはぜひ、燕尾服をお作りさせていただきとうございます」

慇懃ではあるが、どこか満足げな鏑木の言葉に、ジェラルドは鷹揚に頷く。

「よくやってくれた。すばらしい出来栄えだ。予想以上だよ」

「お褒めいただき、光栄です」

鏑木は、流暢に英語で会話していた。こんな年配の人なのに、さすが一流のテーラーだなぁと、凛久は感じた。

「さて、それでは行こうか」

優雅に誘われて恥ずかしい。だけど真っ赤になりながら、彼の手を取った。

ジェラルドも優雅なタキシードに身を包んでいて、すごく素敵だ。

なんだか、シンデレラを思い出す。煌びやかなドレスを宙から出してくる、魔法使いのおばあさん。ネズミの従者。カボチャの馬車。そして美しい王子さま。

これは夢の中の出来事だろうか。

背後では鏑木が「行ってらっしゃいませ」と声をかけてくれる。まるで現実離れしている。恥ずかしかったが、ぺこりとお辞儀を返した。

一流テーラーの仕立てによる礼服に身を包んで、凛久は金髪の王子さまに手を取られながら、おんぼろアパートメントの階段を下り始める。

童話のような一瞬だった。

用意された車に乗って、夜会の会場へと向かった。都内の一等地にありながら、閑静な住宅街の一角にある、四方家の屋敷だ。

「凛久さん、我が四方家の夜会へようこそ」

四方家の子息に微笑まれながら手を差し伸べられたので、おずおずと握手をする。四方は皇族の流れを組む、栄え抜きの名家。凛久にとっては雲の上の人だ。

どうしてこんな人とジェラルドが、知り合いなのだろう。その疑問が顔に出たのか、四方はにこやかに笑い話してくれた。

「私が英国に留学していた時、テイラー校でジェラルドと一緒に学びました。懐かしいです。帰国したあとも遊びに行きましたし、彼が日本に来たこともある」

初耳だった。ジェラルドが日本に来たことがあるなんて。

驚いて隣に立つ彼を見ると、ちょっとだけ肩を竦めている。

「ほんの数日の滞在だったから、四方家に泊まらせていただいたんだ。少しだけ屋敷の中を探索させてもらった。とてもいい家だよ」

手放しの賛辞に、四方は照れくさそうに笑った。

「古いだけだよ。どうぞ気楽に過ごしてください。身内と親しい知人だけの、小規模な集まりです。どうぞ楽しんでいってくださいね」

そう微笑まれて、頰が引きつる。

「ありがとうございます」

小さな声でなんとか声に出す。緊張するなと言うほうが無理なのだ。思わず手が震える。

案内されて廊下を進む。会場に使われている大きな広間からは、優雅な音楽が聞こえた。ヴァイオリンとチェロ、そしてコントラバスとピアノの音色。人々が談笑する声。食器やグラスのふれあう音。

まるで現実感のない、おとぎ話みたいな世界。

『内輪を招いた身内の、ささやかな集まりらしい』

ジェラルドに言われた言葉が脳裡（のうり）によみがえり、天を仰ぎたくなる。これのどこが、ささやかな集まりなのだろう。

(ぼく、どうしてここにいるのかな)

大きな広間の中では、五十人ぐらいの正装姿の人々が、笑いさざめいていた。

男性はタキシード。女性はイブニングドレス。まるで縁のない世界だ。

「どうした。顔がこわばっているよ」

心配げなジェラルドに、無理して笑う。

「こんな正式な場は初めてだから、緊張しちゃって。タキシードなんて初めてだし」

「大丈夫。もっと格式が高いと燕尾服を着なくてはならないが、今日は内輪だけの夜会。だからディナージャケットで参加。気楽に集まっているよ」

タキシードはなんて別世界と思っていたのに、彼はこれを気楽なディナージャケットと言う。宇宙語のようだ。

困った顔をしていると、すっと彼が身を屈めて囁いた。

「とても似合っているよ。素敵だ」

手放しの賛辞に、頰が赤くなるのがわかる。

そういえば、さっきアパートメントの部屋に迎えに来た時も、ビューティフルと言っていた。

（なんか、すごく恥ずかしい……）

ふと隣に並ぶジェラルドを見ると、彼のほうが素敵だった。

タキシードは、やはり欧米人が着るものだ。長身で体格がいいから、スタイルのよさが引き立つ。彼の白い肌と金色の髪に、漆黒の服が美しく映えていた。

（それに比べて、ぼくはどう見ても七五三だ）

生まれて初めて着るタキシードは極上の肌触りで、驚くほど肌に馴染んでいる。こんなものを着慣れてしまったら、いつもの簡素な格好に戻れるのか怖くなる。

「とにかく、中に入りましょう」

ジェラルドはそう促すと、凛久の背中を抱くようにして広間へと入った。すると、すぐに紳士淑女たちに囲まれてしまう。

「お会いできて光栄です、ジェラルド」

「次代のローシアン侯爵にお近づきになれるとは。今夜は来てよかった」

「なんと美しい。それに聡明だと評判もお高い。侯爵家は、これからも安泰ですね」

口々にジェラルドを賞賛する人々は、そばに立つ凛久など目に入っていない。子供にしか見えないから、彼らにとって無意味なのだ。

「ジェラルド。こんなところでお会いできるなんて、夢のようですわ」

話かけてきたのは、美しい女性だ。セミイブニングドレスと言われる胸元が大きく開いたロングドレスを身につけて、胸には大きな宝石が光っていた。彼女は当然のようにジェラルドに手を差し出す。

「久喜さんのご令嬢でしたね。お名前は梨香子さん。一年ぶりですね」

「憶えていてくださるなんて、感激ですわ」

「あなたのように美しいかたを、忘れることはありませんよ」

ジェラルドは微笑みながら、彼女の手に軽くキスをした。

名家の令嬢らしき女性は頬を紅潮させながら、嬉しそうに話を始めてしまった。それに合わせて、他の紳士たちも笑っている。

取り残された凛久は、その場からそっと離れた。ボーイが飲み物を進めてくるので、アルコールの入っていないジュースをもらう。

（別世界すぎて、ついていけないや……）

こんな上流階級の世界は、やはり馴染まない。時がどこからか止まっているみたいだ。

（なんだか酔っぱらっちゃったな）

そう内心呟いて、グラスをあおる。もちろん酒に酔ったのではない。人と雰囲気、そして空気と違和感に酔ったのだ。

この取り残された感じは、凛久の気持ちを不安にさせる。

華やかに笑いさざめく人々の中で、凛久はひとり取り残されていた。自分だって、すばらしいタキシードを着ているのに、すごく似合っていないと思う。

服の格式に、自分が追いついていないからだ。

（どうしてこんなに人がいるのに、不安な気持ちになるのかな）

凛久は廊下へと出た。人いきれのせいか、部屋の中にいるのがつらい。

「すみません。どこか休めるところはありますか」

グラスを持って歩いていたボーイに訊くと、ご案内しますと言われ、廊下の突きあたりに作られた中庭に繋がる扉の前に連れていかれた。開けると、階段が見える。

「ここを下り、まっすぐに進むと東屋があります。あまり人も来ないと思いますよ」

親切に案内してくれたボーイに礼を言い、庭に下り立った。グラスに入れられたキャンドルが、暗闇を照らしている。幻想的な光景だ。

東屋を見つけて、作りつけのベンチに座った。ジェラルドになにも言わずに来てしまったが、すぐに戻れば大丈夫だろう。

「ふー……。生き返るみたい」

思わず出たのは、溜息だ。

会場の熱気、人の話し声、誰かの香水がまじり合った匂いは凛久に合わない。

それに、きれいな令嬢と楽しそうに話をしている彼を見たくなかった。

きっと彼らは、これからダンスをするだろう。優雅な演奏に合わせて踊る二人は、とても美しい。誰もが賞賛する。

(嫉妬しているのかな。……しているんだろうな)

また深い溜息をつくと、遠くから人影が近づいてくるのが見えた。ジェラルドだ。

「凛久。ひとりにして、すまなかった」

目の前に立ったジェラルドは、心配そうな表情をしている。

「気分は悪くない？　引っ越しの準備で疲れているのに、連れ回した私のせいだ」

「ううん、ぼくこそ何も言わず場を離れて、ごめんなさい」

笑って言った凛久は、ジェラルドが眉間に皺(しわ)を寄せて自分を見ていることに気づいた。

「泣いていたの？」

そう言われて、思わず自分の頬に触れる。だが、涙で濡(ぬ)れてはいない。

「泣いてなんかない。大丈夫」

だがジェラルドは少し悲しそうな顔で凛久を見つめた。

「涙は流れていないけれど、心は傷ついている。私が気の利かないことをしたんだね」

彼は手を差し伸べて凛久の頰に触れた。

「泣いてくれれば、まだ、わかりやすい。でも凛久は泣かないで傷ついてしまう。それが恐ろしい。私はどうしたらいいのだろう」

確かにテレビで流れている偽情報の真偽も確認せず、勝手に傷ついていた凛久だ。ジェラルドにとっては、厄介な存在だろう。

「あの、ぼく……」

凛久は観念して、ひとりでいる理由をぽつりと呟く。

「ジェラルドが女の人と仲良くしていたから、……すごく遠いところにいるみたいで」

彼は何も言わず、黙って話を聞いていた。

「どの招待客も立派で堂々としていて、誰もがこの屋敷にお似合いなのに、ぼくは、どうしてこんなところにいるんだろうって思ったら、不安になっちゃった」

「凛久……」

心配そうな彼の声を聞いていると、自分がとてもみっともない生き物に思えてくる。

「ジェラルドも素敵で近寄りがたくて、ぼくだけ、みっともない」

「きみは素敵だよ」

ジェラルドは凛久の両頰を自らの両手で包み、そっと唇を塞いだ。

「ん、……んん……っ」

彼の舌は凛久の唇を割り、口腔内にすべり込む。そして上顎を丹念に舐めた。

「んー……っ」

こんな誰が通るかわからない場所なのに、ジェラルドの愛撫は濃厚だった。

口の中を愛撫されると、腰が砕けてしまいそうだ。

彼は凛久の身体を抱き寄せると、その背中を優しく撫でた。

「意地っ張りな凛久も可愛いが、素直な凛久は、さらに素敵だ。私の目に、きみがどんなふうに映ったか言おうか。しなやかな身体にまとった濃い青のタキシード姿のきみは、まるで蒼いアゲハ蝶のようだった。可憐で美しい、妖艶な蝶だよ。恐ろしいくらい似合っている。見たとたん、ぞくぞくした」

「うそ……」

「嘘なものか。今日の夜会に来ている客たちに、これが私のオメガだ、私の愛する人だと言いふらしたくて、たまらなかった」

手放しの賛辞に何も言えなくなっていると、またキスをされた。頬と、瞼へのキスだ。

「や、やだ。くすぐったい……」

凛久が身を捩ると、ジェラルドは目を細めて見つめた。

「どんなに素敵な女性がいても、私の目には入らない。だって、きみがいるのだから」

ジェラルドはそう言うと凛久の手を取り、その指先にくちづける。

「男の気持ちがわからないおバカさん。私はきみしか目に入らない。可愛い凛久」

何度も何度もくちづけられて蕩けた凛久を、ジェラルドは抱きしめた。そして肩を抱くと大きな歩幅で歩き出す。

「ジェラルド?」

「すまない。もうエスコートしていられない。早く帰ろう」

「帰るって、どこに……」

「私が泊まっているホテルだ。一刻も早く二人きりになりたいんだ」

性急な言葉に頬が赤くなってしまった。

彼が何を意図して帰りたいといっているのか、わからないほど子供ではなかったからだ。

□□□

「あ、あああ、あああ……、ん……っ」

甘ったるい声がこぼれる。凛久は恥ずかしくて、自分の手の甲で唇を押さえた。

ジェラルドが宿泊する都内の一流ホテルは煌びやかで、先ほどの四方邸に引けを取らない。そのホテルの中にあるスーペリアルームの中は、甘い蜜の部屋になっていた。

大きなベッドの上でジャケットとズボン、そして下着を取り去られた凛久は、シャツだけ素肌に着た格好をさせられている。

一方ジェラルドも上着だけは脱いだが、あとは着衣のままだ。先ほどまで結んでいたブラックタイは解かれて、首に引っかかっていた。

普段の彼ならば絶対にしない、淫らな着崩しだ。だが二人は、だらしなさを気にする余裕もなく、淫蕩な行為に耽っている。

凛久は、四つん這いにさせられて男の性器を根元まで受け入れていた。その背後から伸しかかるジェラルドは、容赦なく狭い孔を穿っている。

接合の音は大きく響き、凛久の脳を蕩かすみたいだった。

「ジェラルド、ジェラルド、……だめ、あ、おっきぃぃい……っ」

彼の大きな性器を受け入れていた凛久は、甘ったるい声が抑えきれない。

「ジェラルドの、おおきい、もう入らない、ああ……っ」

「入らない？　きみの中は、ぐねぐね蠢いている。ああ、また締めつけた。卑猥だ」

そう言いながら彼は小刻みに穿ってくる。凛久の唇から、また艶めかしい声が上がった。

「い、言わないで……、ああ、だめ、ああ、ああ。も、動かな、やぁあ……っ」

淫靡に濡れた音が、広い部屋の中に反響する。悦楽に酔ったジェラルドが、さらに腰を突き上げた。そのたびに凛久の唇から、嬌声としか言えない声が上がる。

彼が苦笑しているのが気配でわかり、凛久の恥辱があおられた。

彼は凛久の耳殻に噛みつき甘く囁いた。

「凛久、凛久、なんて可愛い声だ。もっと欲しいのか。可愛い淫乱め」

「ちが、あ、ああ、やぁ、も、かき回さないでぇ……っ」

「おお、凛久が間違えた。きみは、もっとかき回してほしいと言いたいのだろう。ペナルティで、もっといやらしいことをしよう。いいね」

断る間もなく、粘った水音が部屋に響く。そのたびにいやらしい声が上がった。

「ゃあ、あああ、んん……っ」

凛久は苦しくなって、無意識に男から逃げようとした。その腰をジェラルドが引き寄せた弾みで性器が奥深くに入り込み、甘えた悲鳴が響いた。

「あ———……っ、あ———……っ」

もうダメ。もうダメ。

とろとろに蕩けちゃう。いやらしくなる。何も見えない水底に、沈み込んでしまう。

「やぁ、やらぁ……っ。きもち、いい、いい、……いい、よぉ……っ」

「凛久、もう蕩けたのか。可愛い、なんて可愛いんだ」

「ああ、ああ、あああ……っ」

「苦しいの？　私が凛久を苦しめているんだね」

そう言いながらも、ジェラルドは身体を突き上げ続ける。その淫靡な快楽に凛久は甘ったるい鳴き声を洩らし続けた。

「もうやめる？　凛久。イヤなら、もう抜いてしまおうか」

耳朶を噛みながら意地悪く囁く男に、凛久は必死で頭を振った。

「だめ、だめぇ。もっと欲しい。おっきいの、気持ちいい。すごい、もっとして……っ」

凛久が言い終わらないうちに、彼は歓喜に満ちた溜息とともに、深く突き上げる。

「ひぁ、ああ、ああ、あああ……っ」

バルコニーから見える、見事な夜景。それさえも二人には見えていない。ただ、お互いの身体を貪ることに必死だった。

「凛久、素敵だ。中に出すよ。受け止めてくれ」

避妊具をつけていないジェラルドだったが、そのまま射精するつもりだ。発情の状態でない凛久が妊娠するかはわからない。

「ああ、ああ、ああ、ああ、……いい……っ」

性器を弄り回されながら深々と貫かれて、凛久は我慢できずに夢中で声を上げる。

「いい、いい、ジェラルド、種をちょうだい、いっぱい、いっぱい欲しい」

凛久がびくびく震えると、背後から抱きしめる力が強くなった。

自分の声が、どれだけ卑猥で男の心を鷲摑みにするか、凛久はわかっていなかった。それなのに唇からこぼれ落ちる幼い泣き声は男を滾(たぎ)らせる。凛久は無意識に誘惑していた。

「凛久、このいやらしい天使め」

その囁きを聞いた瞬間、恍惚(こうこつ)としていた凛久の眼裏に、いきなり光が弾(はじ)ける。

「ああ、ああぁ、ん……っ、いく、いくぅ……っ」

「凛久……、私の凛久。さぁ、孕(はら)め……っ」

「あ――――……、あ――――……っ」

その囁きとともに、深々と突き上げられた。凛久は痙攣(けいれん)しながら床へと白濁を飛ばした。

その絶頂と同時に、ジェラルドも自分の欲望を体内へ叩(たた)きつける。

ぶるぶる震える凛久の身体を、彼は逃がさないというように強く抱きしめた。飛び散る体液が自分の肌を汚す、卑猥な一瞬。

「すきなの、すき、だいすき……っ」

弛緩(しかん)した凛久の身体を、彼は抱き締め、うっすらと微笑む。

「凛久……、私のつがい。絶対に誰にも渡さない。未来永劫(えいごう)、ずっと一緒だ」

□□□

大きなベッドの中で二人は抱き締め合い、何度もくちづけを交わした。

「せっかくの夜会だったのに、ちょっとしか出られなかったね。服もクシャクシャだし」

くちづけを受けながら途切れ途切れに呟くと、ジェラルドは悪びれた様子もない。

「夜会なんかよりも私は、きみを深く感じられて幸せだ。こんな気持ちになれるなら、いくらでもタキシードを仕立てよう。いや、今度はテイルコートだな」

「もう、夜会はいい」

「どうした？　気に障ることがあったのか」

真剣な顔で問われて、言うのが恥ずかしくなって口ごもる。でも、なんとか顔を上げた。

「だって、……だって、ジェラルドが他の女の人と仲良くするところを、見たくないもん」

そう言われた彼は一瞬だけ押し黙り、次の瞬間、大きな声で笑い出した。

「ひどい、笑った！」

「そりゃ笑うよ。なんてことだ。私のオメガは、どこまで可愛いのだろう」

衒（てら）いのない言葉に、凛久は思わず笑ってしまった。二人は小さなキスをして仲直り。

彼の優しさと伸びやかな品性が、凛久を幸福にしてくれる。東屋でジェラルドに泣きついたのが、嘘みたいに満ち足りた気持ちだった。

そう思いながら凛久は身体を起こすと、最愛のアルファの鼻に、ちゅっとキスをした。

end

あとがき

みんな大好きオメガバース！（浮かれている）
弓月の初オメガ、お手に取っていただけて光栄です。
ウキウキと書いておりますが、初ジャンル。もうドッキドキです。気が弱いから。

イラストは、篁ふみ先生にお願いさせていただきました。

篁先生の描くジェラルドの、これ以上ないほどの色気タップリさと、無駄にカッコイイーッと叫びたくなる貴公子っぷり。

うさぎっ子の凛久ちゃんは、ちょっと天然で、か弱くて、でも芯が強いという面倒なキャラを見事に表現していただきました。

いただいたイラストを拝見して、思わず尊いと拝む完成度と美しさです。

篁ふみ先生。すばらしいイラストの数々を、ありがとうございました！

担当さま。シャレード文庫編集部の皆さま。申し訳ありません（まず平身低頭）。汚名を返上するどころか、悪い記録を樹立した気がします。すみません。本当にすみません。二見書房さまの社屋を、皆さまがご出勤される前に磨きたい気持ちで一杯です。

営業さま、制作さま、販売店の皆さま。現場の皆さまのご尽力なくして、本は店頭に並びません。今回もどうぞ弓月の本を、よろしくよろしくお願いいたします。

読者さま。本書を手に取ってくださって、ありがとうございました！

以前ツイッターで「弓月が書くなら、どんな話がいいですか？」的な簡単アンケートを取ったところ、半数の方々が「オメガバース！」とご回答くださいました。

前々からオメガに興味はありましたが、素人の私が今さら参戦？　とか、読者さまが違和感を覚えるのが関の山か？　とか悩み、友人に相談しました。すると。

「あなたのキャラで言えば、アーサーさまがアルファで、郁(かおる)ちゃんがオメガです」

「わかりやすい」

「もっと言うなら、秋良にいさまがアルファで瑞葉がオメガです！」

「すっごく、すっごく、わかりやすい！」

古い本の引用で恐縮ですが、私の初期作品を例に端的説明されて、膝を打ちました。

わかる！　アレなら骨の髄までわかるでぇっ（なぜ関西弁）！

単に攻と受の話でなく、攻さまの受に対する執着とか、受ちゃんの弱さとか健気さとか、でも出産する強さとかがキャラ引用で説明され、わかりみ深かったのです。


そんな弓月オメガバース。お楽しみいただけたら、これ以上の幸福はありません。

よろしければ、ご感想もお待ちしています。お手紙をいただくと嬉しくて、枕元まで持ち込んで寝る私（本当にあったアホな実話）。

それではまたお逢いできることを、心から祈りつつ。

弓月あや拝

弓月あや先生、篁ふみ先生へのお便り、
本作品に関するご意見、ご感想などは
〒101-8405
東京都千代田区神田三崎町2-18-11
二見書房　シャレード文庫
「ウサギのオメガと英国紳士～秘密の赤ちゃん籠の中～」係まで。

本作品は書き下ろしです

CHARADE BUNKO

ウサギのオメガと英国紳士～秘密の赤ちゃん籠の中～

【著者】弓月あや

【発行所】株式会社二見書房
東京都千代田区神田三崎町2-18-11
電話　03(3515)2311［営業］
　　　03(3515)2314［編集］
振替　00170-4-2639
【印刷】株式会社 堀内印刷所
【製本】株式会社 村上製本所

落丁・乱丁本はお取り替えいたします。
定価は、カバーに表示してあります。

ISBN978-4-576-20009-5

https://charade.futami.co.jp/